Guy de Maupassant

Le Colporteur

Édition présentée, établie et annotée
par Marie-Claire Bancquart

Professeur émérite à la Sorbonne

Gallimard

PRÉFACE

Ce recueil est le second recueil posthume de Maupassant paru chez l'éditeur Ollendorff, qui avait déjà édité de son vivant Les Sœurs Rondoli *(1884),* Monsieur Parent *(1886),* Le Horla *(1887),* Clair de lune *(1888),* La Main gauche *(1889). Six ans après la mort de l'écrivain, parut chez Ollendorff* Le Père Milon, *réunissant des récits jamais repris par l'auteur en recueil, et l'année suivante, en 1900,* Le Colporteur. *Ce dernier recueil contient des récits non repris du vivant de Maupassant, mais il redonne quatre récits du* Père Milon : « *Le Colporteur* » *(placé cette fois en tête du recueil)* « *Cri d'alarme* », « *Étrennes* », « *Après* ». *Sur vingt récits, seize en tout sont donc encore inédits en recueil dans* Le Colporteur.*

Comment le choix a-t-il été fait par l'éditeur ? Nous n'en savons rien. On peut cependant remarquer la place qui est ménagée dans ce recueil aux récits parus en journal en 1883 : neuf d'entre eux sont dans ce cas, c'est-à-dire la moitié des récits qui n'ont pas été repris du Père Milon. *Dans* Le Père Milon, *c'était l'année 1882 qui était privilégiée, avec treize récits sur vingt-deux. Il se peut*

donc qu'un certain parti pris chronologique, à
vrai dire assez laxiste, ait présidé au choix de la
majorité des textes. La reprise dans Le Colporteur
de quatre récits déjà publiés l'année précédente
par Ollendorff pourrait d'autre part être le signe de
quelque hâte à former le recueil. Cette hypothèse est
vraisemblable, car il s'agissait de tenir en haleine
les lecteurs avant la publication par le même éditeur, en 1901, du premier tome des Œuvres complètes illustrées de Maupassant, publication qui
devait se prolonger jusqu'en 1908, année où parut
le tome 29 et dernier. En outre, l'année 1900 est
marquée par un regain d'actualité de Maupassant, profitable à la vente de ses œuvres : au mois
de mai fut inauguré à Rouen un monument à
sa mémoire, dans le square Solferino contigu au
musée des Beaux-Arts, en face du lieu où se dres-
sait le monument dédié en 1890 à Flaubert. La
présence lors de cette cérémonie de Catulle Mendès, de Jules Huret, de José-Maria de Heredia et
d'Albert Sorel, les discours, les poèmes récités par
Marguerite Moreno, occupèrent largement la presse
locale et parisienne.

Ce qui nous importe à nous, c'est que, grâce à
ces textes, nous puissions mieux sentir quelle a été
l'activité de journaliste de Maupassant durant sa
courte carrière ; les rapports que cette activité a
entretenus, en ce qui concerne notre recueil, avec
la préparation des romans Bel-Ami, paru en 1885
et Mont-Oriol, paru en 1887 ; et surtout, peut-être,
la liaison qui existe entre le travail journalistique
de l'écrivain et une sorte de «journal intime»
constamment tenu grâce à lui.

Ce n'était pas une mince occupation que

d'assurer la régularité d'une collaboration au Gaulois, *commencée en mai 1880, et à* Gil Blas, *commencée en octobre 1881. Deux articles par semaine, capables de retenir l'attention du lecteur pressé du journal (par l'intérêt du récit et souvent par son rapport avec l'actualité), et ménageant jusqu'à un certain point l'esprit général de chaque quotidien...* Le Gaulois *est un journal de ton sérieux, proche des royalistes orléanistes;* Gil Blas, *un journal plutôt libertin, lu par les hommes « lancés » et les femmes du demi-monde, mais que s'interdisent (du moins officiellement) les « femmes honnêtes ». Sans doute Maupassant garde-t-il son indépendance de pensée en collaborant à l'un et à l'autre, mais c'est dans* Gil Blas *qu'il publie des récits fripons comme « La Serre » ou « Mes vingt-cinq jours », dans* Le Gaulois *qu'il fait paraître des récits concernant la guerre de 1870 (« Le Duel », « L'Horrible ») et des récits touchants comme « Le Fermier ».*

On imagine sans peine l'assujettissement que représente cette collaboration aux journaux. Sans doute peut-on constater des redites dans les récits de Maupassant, sans doute n'offrent-ils pas toujours le même intérêt, mais quelle somme de travail, quelle chronique passionnante d'un esprit! Encore fallait-il se sauver d'un double danger: écrire médiocrement, à la va-vite, et perdre son originalité de pensée.

La plupart des prosateurs de la fin du XIXe siècle collaboraient aux journaux, car c'était la meilleure manière pour eux de gagner leur vie, en un temps (bien différent du nôtre!) où il faut imaginer que, dans la grande presse parisienne, paraissaient en première page, tous les jours, des chroniques ou récits signés de noms connus, sans préjudice d'un et parfois deux feuilletons de romans. Zola, Anatole France, Alphonse Daudet, Maupassant prépublièrent ainsi leurs romans. Mais le feuilleton d'une œuvre déjà conçue ne présente certes pas les dangers de l'article isolé qu'il faut fournir régulièrement, par contrat. Beaucoup d'écrivains y perdirent une grande part de leur talent : ainsi Catulle Mendès ou Armand Silvestre, collaborateurs de Gil Blas. *Maupassant, lui, avait été formé à la très dure école stylistique de Flaubert et, d'autre part, la force de sa pensée était maintenue par l'extraordinaire excitation intellectuelle qui lui fit écrire, en dix ans à peine, tout ce qui est à retenir dans son œuvre. C'est un cas tout à fait particulier d'une hyperactivité de l'écriture, à laquelle sa maladie ne fut sans doute pas étrangère.*

Dans ces *articles qui paraissent en journal, on trouve des pages appartenant à plusieurs genres : des développements personnels d'une idée, d'une actualité, qui sont classables dans le genre « chroniques », et ont été recueillis à part dans les éditions posthumes de l'œuvre de Maupassant[1] ; ou bien des anecdotes ; ou bien ce que nous appellerions aujourd'hui des contes ou des nouvelles ; et très souvent des écrits de forme très souple, à la limite entre le billet d'humeur, la chronique et le récit : lettres imaginaires de lecteurs (c'est le cas ici dans « Cri d'alarme »), descriptions de lieux touristiques mêlées à une légère histoire (comme dans « Mes vingt-cinq jours »), évocation d'un problème d'actualité à travers une anecdote (comme*

1. Voir la Bibliographie à la fin de ce volume.

dans «*La Question du latin*»). À *l'époque, d'ailleurs, le genre «conte» n'était pas distingué du
genre «nouvelle», sauf pour les nouvelles d'une
longueur considérable. Maupassant emploie indif-
féremment l'un et l'autre terme* [1] *pour qualifier des
écrits brefs comme ceux qui sont recueillis ici, et
nous préférons choisir pour en parler le terme de
«récit», qui correspond à ce que les Anglais appel-
lent «short story».*

*De son vivant, Maupassant réunit dans des
recueils la plupart de ses récits parus en journal;
ainsi, en 1883, parurent les* Contes de la Bécasse
et Clair de lune. *Pourquoi ne fit-il pas entrer dans
ses recueils les récits qui sont présentés ici? On
peut penser que «Jadis» est trop proche d'un billet
d'humeur, mettant en scène deux personnages évidemment suscités pour l'occasion jusqu'à en être
impossibles, puisque la grand-mère évoquant le
libertinage qu'elle vécut au* XVIIIe *siècle ne saurait
exister encore dans les années 1880. Maupassant
ne tenait sans doute pas non plus à publier, dans
«La Farce», des phrases qui auraient pu donner
lieu à des investigations compromettantes: «Oh!
J'en ai fait, j'en ai fait des farces, dans mon existence /.../ Oui, j'en ai fait de désopilantes et de terribles. Une de mes victimes est morte des suites.»
Mais à vrai dire, il est difficile de trouver des
raisons d'exclusion des recueils publiés pour la
plupart des récits présentés dans* Le Colporteur.

---

1. Comme le prouve une lettre écrite aux éditeurs des
Contes de la Bécasse, Rouveyre et Blond, en 1883: «Si les
contes que je vous ai envoyés ne suffisaient pas à faire un
volume de 300 pages, en avril je m'empresserais d'ajouter
deux nouvelles /.../»

Ils paraissent d'aussi grande valeur que ceux qui passèrent en recueils, et existent fortement en tant qu'«histoires» constituées, ou facilement constituables, comme «La Question du latin» dont il aurait été facile de supprimer le début personnel et marqué par l'actualité immédiate. Maupassant ne s'en est pas fait faute en d'autres occasions [1]. Aussi bien l'écrivain n'était-il pas tenu de se livrer à une reprise complète de ses écrits dans les recueils qu'il formait, et c'est finalement comme de l'un de ceux-ci que nous en parlerons, dans sa diversité thématique et dans son unité psychologique.

Diversité thématique. Les hasards de l'existence, tantôt narquois, tantôt tragiques, jouent un grand rôle dans l'imaginaire de Maupassant, porté à les ressentir d'autant plus fortement que, soigné pour sa syphilis tantôt par des calmants, tantôt par des excitants, comme c'était la règle alors, il ne pouvait que sentir s'aggraver une cyclothymie due à un terrain névrotique hérité de sa mère. Cette cyclothymie passe évidemment dans ses écrits. La part du hasard narquois est assez belle ici. Trois récits successifs, «La Serre», «Un duel», «Une soirée», nous en présentent des versions dont les héros sont les objets habituels de la moquerie de Maupassant, et c'est le cas de les désigner comme des objets, car ils ont quelque chose de mécanique dans leur être : ce sont des bourgeois, comme ceux dont se gaussait son maître Flaubert. Les Lerebour de

---

1. Ainsi, il a supprimé toute une introduction au récit «Châli» avant de l'incorporer dans *Les Sœurs Rondoli* : voir l'édition Folio classique, note introductive au récit, p. 247.

«*La Serre*», *commerçants retirés dans une «jolie campagne» à kiosque et à serre, en sont des exemples types. Le bon M. Dubuis du «Duel», avec son «gros ventre de marchand riche et pacifique», est bien de la même race qu'eux, alors que dans «Une soirée» maître Saval, notaire à Vernon, appartient à une catégorie peut-être plus digne encore de raillerie pour l'écrivain: le bourgeois aisé qui a des prétentions artistiques, avec son filet de voix et les «chœurs» de cinq ou six personnes qu'il dirige.*

Ces gens vont se trouver placés dans des situations inattendues qui les feront agir au rebours de leurs habitudes. L'histoire de maître Saval est la plus simple. Amené par le hasard à assister à l'inauguration d'un atelier parisien en compagnie des plus grands peintres du temps, il se retrouve au terme d'une folle nuit seul, nu, dans un lit improvisé au fond d'un placard: il serait la classique victime d'une farce de rapin, s'il n'avait tout fait pour s'exposer à une situation aussi peu notariale! Mais c'est l'histoire d'un moment, alors que les malignités du destin bouleversent davantage l'existence des autres héros.*

L'ironique nature a donné à Mme Palmyre Lerebour un appétit des sens que ne comprend même pas son mari, jusqu'à ce qu'il découvre leur bonne en galant rendez-vous dans la serre. Le voilà enfin émoustillé. La morale voudrait évidemment que les deux époux renvoient la bonne. Au contraire, ils se font voyeurs; M. Lerebour continue à retrouver ses forces, et ils augmentent les gages de Céleste, au nom prédestiné...*

M. Dubuis est, lui, dans le cas tout autre de l'homme paisible qui a traversé la guerre avec* «*une résignation désolée*», et quitte en train Paris pour la Suisse, après la défaite. Mais, se trouvant subitement en proie à la violence d'un soudard allemand, il devient «fou de colère» et le frappe, puis le tue tout à fait par hasard au cours du duel qui s'ensuit, lui qui n'a jamais tenu un pistolet. Dubuis vainqueur de l'Allemand! Il est intéressant d'opposer ce récit somme toute divertissant, qui a pour spectateurs deux Anglais caricaturaux, à «Boule de suif[1]», qui se déroule aussi dans un lieu fermé (ici un compartiment de train, là une diligence), et de constater que Maupassant a supprimé du «Duel» les traits qui pourraient devenir dramatiques. Sauf, dira-t-on, la très réelle occupation de la France par les troupes allemandes: mais le lecteur est attiré et ragaillardi par le triomphe de Dubuis. C'est le principe de la littérature «de revanche», abondante après la défaite de 1870[2]. Il n'est pas impossible que Maupassant ait malignement imité celle-ci dans son récit, car il considérait tout autrement la guerre.

La farce du destin devient celle d'un garnement dans deux autres récits, «La Farce» et «La Question du latin». Elle prend alors une autre tournure, plus trouble. Le père Piquedent de «La Question du latin», exploité par une institution qui profite de ses connaissances, suscite un sourire mêlé d'une pitié que nous ne ressentions nullement dans les cas précédents. Que la malice d'un galopin, son élève, l'amène à épouser une blanchisseuse qui se

---

1. *Boule de suif*, éd. Folio classique, p. 31-92.
2. Les *Contes du lundi* d'Alphonse Daudet (1873) représentent au mieux cette littérature.

révèle être une femme avisée, et à tenir une pros-
père épicerie, ne résout que son cas personnel. Il
n'en reste pas moins que la parfaite connaissance
du latin, si importante dans la culture française
du temps, est démontrée ne conduire à rien d'utile,
ni pour les autres hommes, ni pour ceux qui la
détiennent, sauf s'ils ont suivi jusqu'au bout le
cursus qui permet de la transmettre... La question
posée ne reçoit pas de véritable réponse.

Du moins le farceur de « La Question du latin »,
s'il est « madré », n'est pas de mauvais vouloir ! Il
n'en va pas de même dans « La Farce », dont le
début est franchement inquiétant. Sous couleur
d'opposer la farce politicienne (maintes fois raillée
dans ses chroniques) à « la farce joyeuse, saine et
simple de nos pères », Maupassant en arrive vite à
l'évocation passablement cynique d'une farce mor-
telle perpétrée par lui. Ce que nous savons de sa
vie ne laisse aucun doute sur le caractère person-
nel de cette révélation[1]. Révélation d'un acte que
tout porte à croire unique dans sa vie, mais qui
ne laisse pas de poser la question de son sadisme.
Sadique, Maupassant ? Oui, on ne saurait se le
dissimuler : évocateur de souffrances humaines ou
animales qu'il déplore[2], il les détaille avec trop
d'insistance et de talent pour ne pas y satisfaire
un sentiment équivoque. Dans le récit qui nous
occupe, du reste, la vengeance qu'il est censé avoir
imaginée, potache, contre une vieille ennemie,

1. Voir, dans la partie des Notes du Dossier, la n. 2 à la
p. 112.
2. Par exemple dans « L'Âne » (*Miss Harriet*, éd. Folio classique, p. 163-176) ou dans « Coco » (*Contes du jour et de la
nuit*, éd. Folio classique, p. 143-148).

*aurait pu tuer celle-ci d'épouvante, et ne saurait,
en tout état de cause, être qualifiée de «farce
joyeuse, saine et simple».*

Peut-être plus qu'un recueil formé par lui, celui-
ci nous porte à réfléchir sur le caractère extrêmement complexe de l'écrivain, capable, dans une
sorte de cyclothymie morale, d'aller de la cruauté
à une pitié profondément ressentie, envers des personnages même qui lui sont en général étrangers.
C'est le cas du prêtre qui parle dans «Après».
Incroyant et éprouvant peu de sympathie envers la
morale personnelle et sociale prônée par l'Église
catholique, Maupassant a laissé du prêtre puri-
tain des portraits peu flattés, par exemple celui
de l'abbé Tolbiac dans le roman Une vie[1]. En
revanche, on plaint le prêtre sensible du «Baptême» (Miss Harriet[2]) de souffrir dans sa chair
parce qu'il ne peut être père. À l'inverse, le prêtre
d'«Après» a décidé de choisir l'état ecclésiastique
pour ne pas être exposé à la souffrance de perdre
des êtres auxquels il serait attaché; mais c'est
après avoir, tout jeune, fait l'expérience d'une perte
qui a été atroce pour lui, celle d'un chien qu'il
avait recueilli, son seul ami. «J'étais sans passions, sans ambitions; je me décidai à sacrifier les
joies possibles pour éviter les douleurs certaines.
L'existence est courte, je la passerai au service des
autres, à soulager leurs peines et à jouir de leur
bonheur.» Pourtant, cette nature hypersensible l'a
voué à «une peur obscure et pénétrante des événe-

1. Éd. Folio classique, chap. X, p. 207-209.
2. Éd. Folio classique, p. 207-213.

ments». «*Je n'étais point fait pour ce monde*»,
conclut-il.

C'est d'une souffrance pareille à celles que l'abbé
Mauduit n'a pas voulu vivre que meurt l'héroïne
de «*L'Attente*», quittée par son fils de dix-sept ans
parce qu'il a découvert tout à coup ses relations
avec celui qu'il appelait «*Bon ami*». Elle n'a
jamais revu son fils; elle n'a pas voulu revoir son
amant: vingt ans de malheur après douze années
heureuses. Elle mourra dans la solitude. À la fin
de ce récit se montre la haine de Maupassant contre
les préjugés sociaux [1] qui ont dicté sa conduite au
jeune homme; mais l'essentiel est bien la souffrance de la mère agonisante, qui ne porte pas de
jugement, et qui montre à plein sa douleur, dans
son long entretien avec le notaire Lebrument. Victime encore, dans une tout autre classe de la
société, la paysanne du «*Fermier*», rongée par
«*trop d'amitié, rien que d' l'amitié*» ressentie pour
le baron René du Treilles, le fils du château où elle
était femme de chambre. Elle en laisse au baron le
témoignage d'outre-tombe, par l'intermédiaire de

---

1. Durant les années 1881 et 1882, Maupassant journaliste
avait dénoncé dans de très nombreuses chroniques l'hypo-
crisie et l'affairisme de la société contemporaine, jusqu'à
montrer qu'il était sans illusions sur elle, quoique persuadé
de l'inanité de tout essai de changement politique. Cette
vision entièrement désabusée de l'état social n'est évidemment pas sans retentissement sur son pessimisme personnel.
Citons parmi ses chroniques: «Enthousiasme et cabotinage»
(*Chroniques*, p. 205), «Le Préjugé du déshonneur» (*ibid.*,
p. 209); «Zut!» (*ibid.*, p. 234); «Va t'asseoir!» (*ibid.*, p. 303);
«Les Scies» (*ibid.*, p. 442); «L'Honneur et l'Argent» (*ibid.*,
p. 451), sans compter toute une suite de reportages sur les
mauvais procédés de colonisation de la France en Algérie,
parus en 1881. On trouvera plus loin dans la Bibliographie les
références de l'édition des *Chroniques*.

son mari, jadis amoureux fou d'elle, et lui-même
désormais rongé par le chagrin. Victime aussi, la
jeune femme présentée dans «Première neige»:
Parisienne mariée par ses parents à un «gentilhomme normand», «d'esprit court», bientôt orphe-
line, sans enfants, elle souffre terriblement de la
solitude en quelque sorte matérialisée par le froid
humide qui règne dans le château, au point de
décider, elle qui est sans volonté, de marcher dans
la neige jusqu'à prendre froid et obtenir un calorifère. C'est une maladie mortelle qui l'a saisie,
mais au moins la voici à Cannes, loin de la «première neige» normande...

De ces récits se dégage la forte idée d'une absur-
dité de la nature, qui dote certains êtres d'une
affectivité trop grande pour être vécue dans notre
monde. Elle se double des absurdités de la société:
préjugés contre l'amour «non légitime», différences
entre les classes, mariage arrangé. La plus grande
des absurdités, des férocités, c'est bien celle de la
guerre, que hait Maupassant. Alors l'absurde se
fait plus fort même que la nature. «Quand j'entends prononcer ce mot: la guerre, il me vient un
effarement comme si on me parlait de sorcel-
lerie, d'inquisition, d'une chose lointaine, finie,
abominable, monstrueuse, contre nature», déclare
l'écrivain le 11 décembre 1883[1]. Il écrit dans
«L'Horrible» que dans une épouvante «hors
nature», dans une marge d'étrangeté, se déroulent
les deux épisodes que comporte le récit. Est-il un
espion, cet être au langage inintelligible, fusillé
par des soldats en déroute dans le paysage d'hiver

---

1. *Chroniques*, p. 748.

*que connut Maupassant lui-même lors de la retraite
de 1870 ? Mais en le déshabillant, on s'aperçoit
qu'il s'agit d'une femme, peut-être à la recherche
de son fils. C'est alors un au-delà de la pitié, une
impression plus physique de frisson devant le mystère, qui saisit le narrateur et le fait pleurer, malgré son habitude des malheurs de la guerre. Même
impression quant il évoque quelques Français en
déroute en plein désert saharien, marchant espacés
les uns des autres, mais se réunissant pour dépe-
cer et manger l'affaibli d'entre eux qu'ils ont tué,
« retraite d'anthropophages » à laquelle ne survécut
personne, le dernier ayant été tué par les indigènes.*

*Le mystère, la mort. Maupassant ressent comme
une attirance pour leur conjonction, non pas qu'il
croie en l'au-delà, en ces « mystères » auxquels
précisément il dit « adieu » dans une chronique
de novembre 1881 [1] : « Tout me paraît vide, mort,
abandonné ! Quand je sors la nuit, comme je
voudrais pouvoir frissonner de cette angoisse qui
fait se signer les vieilles femmes devant les murs
des cimetières /.../ Comme je voudrais croire à
ce quelque chose de vague et de terrifiant qu'on
s'imaginait sentir passer dans l'ombre ! » Croire,
non certes. Mais sentir que la mort nous présente l'inqualifiable changement de notre existence
pour un non-être auquel nous sommes absurde-
ment condamnés, c'est sentir vrai, c'est éprouver
l'angoisse intérieure qui fait naître le véritable
fantastique.*

*Le disciple de Schopenhauer qui, désormais mou-
rant lui-même, est le narrateur d'« Auprès d'un*

---

1. « Adieu mystères » *Chroniaues* p. 358.

mort», a été envahi par cette angoisse quand, veillant avec un ami le cadavre déjà en décomposition de son maître, il a vu «quelque chose de blanc courir sur le lit, tomber à terre sur le tapis, et disparaître sous un fauteuil», sans cesser de savoir mort Schopenhauer. S'apercevoir qu'il s'agit du râtelier du défunt ne supprime pas cette peur sans nom. De même, l'explication rationnelle de la «résurrection» de la jeune fille présentée dans «Le Tic» n'efface pas la terrible impression qu'elle a causée sur son père, quand, l'ayant enterrée, il a entendu sonner à sa porte et lui a ouvert, à cette «forme dressée» hors du tombeau, à ce «quelque chose de blanc comme un fantôme». Le choc physique lui en est resté sous les espèces de son «tic». Il demeure quelque chose de fort de ces expériences pourtant minutieusement éclaircies, et en apparence intelligibles : un dentier s'échappe parce que les muscles du mort se relâchent, un voleur coupe le doigt d'un pseudo-cadavre à qui cette saignée rend la vie. Un reste, un «hors-là», un «horrible» que notre sensibilité capte et inscrit à jamais en nous.

Malgré le caractère léger de certains récits, la tonalité majeure du Colporteur est bien le malaise de vivre dans une inquiétude toujours renouvelée. Schopenhauer précisément, au souvenir duquel est dédié un récit, n'est certes pas pour rien dans ce malaise, parce qu'il a su trouver les mots qui le définissent pour les pessimistes français des années 1880. Ils connaissent son œuvre en traduction, spécialement les Pensées et maximes et les Aphorismes[1], *c'est-à-dire la partie la plus noire, qui n'est pas comme dans* Le Monde comme volonté et comme représentation *couronnée par une éthique de la pitié. La mort est la seule perspective du narrateur même d'«Auprès d'un mort», digne interlocuteur d'un lecteur des vers les plus désespérés d'Alfred de Musset. Schopenhauer, ce «saccageur de rêves», place le monde sous l'empire d'un principe de volonté universel, force aveugle et inconsciente, présente dans les objets inanimés comme chez les hommes. Se morcelant, elle est conduite à se contredire sans cesse. L'homme se croit libre. En fait, il est le prisonnier de son vouloir-vivre incessant, opposé aux autres vouloir-vivre, et débouchant sur le néant.*

Le pessimisme foncier de Maupassant, qui jouit de toute chose au monde avec un appétit[2] aussitôt annulé en sentiment de misère, ne peut que s'accorder avec l'absurde pesant sur le monde de Schopenhauer, qu'il appelle un «jouisseur désabusé»: image partielle et inexacte du philosophe, mais elle fut celle de toute la fin de siècle en France. Il est particulièrement un domaine où l'écrivain, héritier d'ailleurs en cela de Flaubert et des théories scientifiques de Spencer, rejoint Schopenhauer: c'est qu'il pense infranchissable, définitive, la mésentente qui sépare les sexes[3]. La femme est à ses

1. Voir dans la partie des Notes du Dossier, la n. 1 à la p. 43 et la n. 2 à la p. 44.
2. «Je suis faune et je le suis de la tête aux pieds», écrit à Gisèle d'Estoc Maupassant en janvier 1881 (*Correspondance*, t. II, nº 200, voir la Bibliographie), parlant de sa gourmandise, de son amour pour les femmes et pour la nature.
3. À noter pourtant que Maupassant, qui n'est pas un homme à se faire des illusions, se rend très bien compte du

*yeux un être entièrement gouverné par le vouloir-
vivre de l'espèce, qu'elle est appelée à perpétuer.
Elle n'est pas capable de pensée esthétique ou intellectuelle. «Herbert Spencer me paraît dans le vrai
quand il dit qu'on ne peut exiger des hommes de
porter et d'allaiter l'enfant, de même qu'on ne peut
exiger de la femme les labeurs intellectuels», écrit-
il le 30 décembre 1880[1]. Toute d'impressions et
d'avidité sexuelle, elle représente pour l'homme un
piège charmant et dangereux, s'il a le malheur de
se laisser prendre à son désir de partager tout avec
elle. On observera que les femmes dont l'écrivain
décrit le sort avec pitié sont des victimes des préjugés sociaux, ou des femmes qui, pour des raisons
d'âge ou de maladie, n'ont pas de relation amoureuse. Dans d'autres recueils encore, la vieille fille,
qui n'a pas connu les satisfactions naturelles de la
femme, est décrite avec beaucoup de sensibilité[2].*

*En revanche, la relation amoureuse entre homme
et femme n'est concevable et supportable aux yeux
de Maupassant que si elle est comprise par les
deux parties comme un pur caprice, donc suscep-*

---

paradoxe qu'il y a à mépriser la femme tout en restant obsédé
par elle. Dans «Le Verrou», récit de juillet 1882, (*Les Sœurs
Rondoli*, éd. Folio classique, p. 165), nous lisons à propos
d'une réunion de célibataires endurcis: «Ils professaient /.../
le mépris le plus complet pour la Femme, qu'ils traitaient de
"Bête à plaisir". Ils citaient à tout instant Schopenhauer /.../
De sorte qu'à force de mépriser les femmes ils ne pensaient
qu'à elles, ne vivaient que pour elles, tendaient vers elles tous
leurs efforts, tous leurs désirs.»

1. «La Lysistrata moderne», *Chroniques*, p. 136.
2. Ainsi la tante Lison, qui apparaît dans «Par un soir de
printemps» (*Le Père Milon*, éd. Folio classique, p. 40-47) et
dans *Une vie* (éd. Folio classique, chap. IV, p. 70-76), et Mademoiselle Perle, dans le récit qui porte son nom (*La Petite
Roque*, éd. Folio classique, p. 93-113.)

tible d'être à tout moment interrompue sans drame. Conception assez difficile à inscrire réellement dans la vie : car il faut encore que la rupture soit jugée opportune des deux côtés à la fois! S'il s'agit de filles ou de femmes galantes, dont Maupassant fait grande consommation, il n'y a guère de problème : c'est ce qui se passe dans « Mes vingt-cinq jours », où les deux belles s'offrent comme le curiste une distraction, puis vont chercher ailleurs. Mais s'agit-il d'une femme qui, même libérée de tout préjugé, est susceptible de sentiment, voire d'attachement, Maupassant peut faire l'expérience du peu de valeur de sa théorie sur l'amour-caprice : avec Gisèle d'Estoc, en 1882[1], et plus tard avec ces mondaines intelligentes qui le firent souffrir, Marie Kann, la comtesse Potocka.

Aussi se réfugie-t-il dans le regret de ce qu'il imagine avoir été la vie de la bonne société au XVIIIe siècle, une vie sensualiste et légère, habitée par la liberté amoureuse. Ses « Conseils d'une grand-mère » de 1880, devenus en 1883 « Jadis », rapprochent chronologiquement, pour plaider la cause de cette existence, l'époque qui précéda la Révolution française, où est censée avoir vécu la grand-mère, de l'époque moderne où vit la petite-fille. « Conseils » très inspirés de certaines études des Goncourt sur la femme au XVIIIe siècle, qui louent une époque galante — indulgence mutuelle et jolis caprices — pour l'opposer à l'époque contemporaine gâtée par l'idée de la passion romantique, qui conduit aux crimes de la jalousie. À vrai dire,

---

1. Voir, dans la partie des Notes du Dossier, la n. 2 à la p. 78.

le château qui sert de cadre au récit, tout comme les considérations de la grand-mère, évoquent une époque un peu trop maniérée, un peu trop gracieuse et facile. Plus que par le XVIIIe siècle rêveur d'un Watteau, Maupassant est séduit par celui d'un Boucher, et par la figure d'«exquise drôlesse» de cette Manon Lescaut dont il préfaça l'histoire en 1885.

Oui, mais nous nous trouvons au XIXe siècle, et Maupassant lui-même ne peut s'en tenir à l'image partielle et partiale du siècle précédent qu'il nous offre en exemple. Dans ce recueil même, il se montre touché par un certain désespoir de Musset, par l'image amère du monde qu'il trouve dans Schopenhauer; et nous savons par ailleurs quelle influence Flaubert a exercée sur lui. Misogyne certes, il l'est, mais c'est en constatant les «éternités différentes» de l'homme et de la femme et leur incompréhension réciproque.

«Le Colporteur» donne la note d'envoi dans ce recueil, en montrant, dans un milieu des plus modestes, la femme prête à tromper et à ruser, à l'égal de ses pareilles du grand monde. Homme et femme, deux natures qui semblent incompatibles, mais la vérité est plus complexe: la femme use le vouloir-vivre de l'homme; elle l'attaque comme le ferait un poison. Trop possessif pour admettre que sa femme ait pu faillir à la fidélité dans le mariage jusqu'à tromper un prédécesseur pourtant méprisé, Leuillet entre dans le rôle du «Vengeur» et sent la haine l'envahir. À vrai dire, il perd sa confiance en lui. Car si, mariée à Souris, celle qui est actuellement sa femme avait repoussé ses avances et en

avait accepté d'autres, c'est qu'elle avait trouvé ailleurs un homme supérieur à lui.

Ce sentiment de ne pouvoir être « tranquille et confiant » est bien plus développé chez des hommes moins grossiers que Leuillet. Maupassant a caractérisé en mars 1883 « l'homme-fille » de son temps, qui vit dans l'incertitude, ondoyant, charmeur, trop semblable aux « charmantes drôlesses » qu'il croise sur le boulevard. C'est un cas extrême, mais il est vrai que l'homme de cette période justement nommée « décadente » doute de sa personnalité au point d'en venir parfois à la névrose. Il craint d'être annihilé, vampirisé par la femme. Plusieurs récits de ce recueil le montrent, à commencer par « Cri d'alarme » : perdant sa dissimulation innée sous l'effet de l'alcool, la femme révèle à son naïf amant que c'est elle qui, pareille à toutes ses semblables, a mené le jeu de la séduction. Tout au plus laissent-elles faire, quand elles le désirent. Mais alors... l'amant de « Cri d'alarme » se sent immédiatement inférieur à « certains êtres, doués naturellement pour séduire ou seulement plus dégourdis, plus hardis », qui savent au moins saisir le bon moment... Tout aussi vampirisante est la maîtresse du récit « Étrennes », qui ment et calomnie allégrement pour être sûre que son amant est prêt à l'accueillir chez lui lorsqu'elle aura quitté son mari : il a prouvé son amour, elle a seulement joué la comédie.

Un récit qui montre à plein quel idéalisme déçu Maupassant cache sous le cynisme qu'il professe, c'est « Lettre trouvée sur un noyé ». Quoiqu'il ne reconnaisse à la femme que des qualités intuitives, du moins l'auteur de la lettre, pour aimer, les attendrait-il parfaites, chez une femme qui montrerait en outre une concordance absolue entre ces qualités et celles de son corps. «J'ai de l'harmonie une idée tellement haute et subtile que rien, jamais, ne réalisera mon idéal.» C'est d'avoir faussement cru à sa réalisation que l'homme se suicide, trompé, il est vrai, par le paysage qui magnifie la femme et fait croire en «une Alliance, chaste, intime, absolue de [leurs] êtres». On ne peut imaginer fausse note plus dissonante que l'explication donnée par la femme de son sourire, au moment où l'homme croit «baiser l'idéal descendu dans la chair humaine»: ... «Elle me dit: "Vous avez une chenille dans les cheveux!"»

Et même si une liaison a été heureuse, même si elle s'est dénouée dans les conditions de légèreté que souhaite Maupassant, elle recèle cependant un danger irrémédiable: révéler l'usure apportée dans l'être par le temps. Seul, on peut se tromper là-dessus: son miroir montre à Lormerin, au début du récit «Fini», un «bel homme, bien que tout gris». Mais voici, vingt-cinq ans après leur liaison, l'invitation à dîner de l'ancienne charmante Lise, jamais revue. Elle est devenue «une vieille dame en cheveux blancs», «une vieille dame inconnue». C'est sa fille Renée qui, désormais, est «pareille à celle de jadis». À elle, va la passion ressuscitée de Lormerin, jusqu'à son retour devant le miroir du début du récit, qui lui montre cette fois «un homme mûr à cheveux gris», avec des rides et d'«affreux ravages». «Fini Lormerin!», se murmure-t-il. Maupassant a beau n'avoir que trente-cinq ans lorsque paraît «Fini», déjà l'idée du *vieillissement le hante, travaillé qu'il est par la maladie.*

Un récit, «Adieu»[1], précède celui-ci d'un peu plus d'un an, et montre cette même hantise. Mais la fille aînée de l'ancienne maîtresse n'a que dix ans ; en elle est seulement esquissé «le charme ancien de sa mère». On sent que notre récit prélude plus directement à ce qui sera le tourment du héros du roman Fort comme la Mort, *et finalement la cause de sa mort : le dédoublement de la mère dans la fille, qui lui inspirera un amour impossible. «Le Vengeur», lui, prélude à une scène entre Bel-Ami et sa femme Madeleine, mais avec les variations qu'impose le changement du couple bourgeois en couple de roués. Quant aux récits qui annoncent le roman* Mont-Oriol, *se situant dans la station thermale de Châtelguyon, Maupassant en a retenu la description de l'atmosphère générale de la station et surtout celle des beaux paysages qui l'entourent. Mais il a abandonné la piste du récit de l'étrange, celle du «Tic». Rien de semblable dans le roman, qui se situe à la fois comme une histoire de la création de la station elle-même par les médecins, et comme un roman d'amour-désamour qui exclut naturellement des personnages comme les deux dames de «Mes vingt-cinq jours». On s'intéresse à ces préparations, à des rappels aussi, comme la marche dans la neige de «Première neige», déjà imaginée dans d'autres circonstances, dans le roman* Une vie[2]. *L'œuvre de Maupassant*

---

1. *Contes du jour et de la nuit*, éd. Folio classique, p. 209-215.
2. Éd. Folio classique, chap. VII, p. 135.

est un atelier : les esquisses, les reprises, les abandons s'y multiplient. Mais il reste une remarquable unité, lentement mouvante, dans la conception de la vie : les interrogations sur la véritable nature de la femme, les récits de dépossession semblables au « Horla » ou à « Qui sait ? » ne se trouvent pas ici, mais l'inquiétude exprimée dans certaines pages leur sont une ouverture.

On est frappé par l'extrême importance qu'y prennent les choses en apparence les plus futiles, qui deviennent des supports de cette inquiétude : le dentier de Schopenhauer, le calorifère ardemment souhaité par l'héroïne de « Première neige », la chenille dans les cheveux du Noyé, les miroirs de « Fini ». C'est une constante du réalisme artiste, tel que le définit Maupassant dans son article sur « Le Roman[1] » : « La moindre chose contient un peu d'inconnu », et peut modifier un destin.

Ces choses président à la révélation de ce qui nous semble être le sentiment le plus fort, le plus fréquent dans ce recueil : celui de la solitude. Solitude de chacun, dans les couples qui se méconnaissent et se trompent. Solitude des abandonnés, dans « L'Attente » ou « Première neige », du suicidé de « Lettre trouvée sur un noyé », de ceux qui au contact de l'étrange perdent la maîtrise de leur raison et sentent une horreur corporelle prendre possession d'eux, enfin solitude intérieure de l'homme qui a subi une trop forte épreuve dans sa jeunesse, comme l'abbé Mauduit, ou de celui qui pressent la vieillesse et la mort, comme Lormerin.

Pourtant Maupassant aime le sourire, et parfois

---

1. Paru en tête de *Pierre et Jean*, éd. Folio classique, p. 45-60.

*le gros rire, des farces; pourtant il nous commu-
nique la beauté singulière de certains paysages,
comme celui des puys et de la Limagne autour de
Châtelguyon, et surtout il nous pénètre de son
amour pour le pays de Caux où il est né, «la grande
campagne normande, ondulante et mélancolique,
pareille à un immense parc anglais, à un parc
démesuré, où les cours des fermes entourées de
deux ou quatre rangs d'arbres, et pleines de pommiers trapus qui font invisibles les maisons, dessinent à perte de vue les perspectives de futaies, de
bouquets de bois et de massifs que cherchent les
jardiniers artistes en traçant les lignes des propriétés princières* [1] ». *Prince sans divertissement,
quoi qu'il tente, Maupassant a bien décrit cette
constante de son œuvre dans le récit précisément
titré «Solitude* [2] *»: «Non, personne ne comprend
personne, quoi qu'on pense, quoi qu'on dise, quoi
qu'on tente [...]. Quand nous voulons nous mêler,
nos élans de l'un vers l'autre ne font que nous
heurter l'un à l'autre.»*

Marie-Claire BANCQUART

1. «Le Fermier», p. 109.
2. *Monsieur Parent*, éd. Folio classique, p. 184-190.

Le Colporteur

Le Colporteur [1]

Combien de courts souvenirs, de petites choses, de rencontres, d'humbles drames aperçus, devinés, soupçonnés sont, pour notre esprit jeune et ignorant encore, des espèces de fils qui le conduisent peu à peu vers la connaissance de la désolante vérité.

À tout instant, quand je retourne en arrière pendant les longues songeries vagabondes qui me distraient sur les routes où je flâne, au hasard, l'âme envolée, je retrouve tout à coup de petits faits anciens, gais ou sinistres qui partent devant ma rêverie comme devant mes pas les oiseaux des buissons.

J'errais cet été sur un chemin savoyard qui domine la rive droite du lac du Bourget [2], et le regard flottant sur cette masse d'eau miroitante et bleue d'un bleu unique, pâle, enduit de lueurs glissantes par le soleil déclinant, je sentais en mon cœur remuer cette tendresse que j'ai depuis l'enfance pour la surface des lacs, des fleuves et de la mer. Sur l'autre bord de la vaste plaine liquide, si étendue qu'on n'en voyait point les bouts, l'un se perdant vers le Rhône et l'autre

vers le Bourget, s'élevait la haute montagne den-
telée comme une crête jusqu'à la dernière cime
de la Dent-du-Chat. Des deux côtés de la route,
des vignes courant d'arbre en arbre étouffaient
sous leurs feuilles les branches frêles de leurs
soutiens et elles se développaient en guirlandes à
travers les champs, en guirlandes vertes, jaunes et
rouges, festonnant d'un tronc à l'autre et tachées
de grappes de raisin noir.

La route était déserte, blanche et poudreuse.
Tout à coup un homme sortit du bosquet de
grands arbres qui enferme le village de Saint-
Innocent[1], et pliant sous un fardeau, il venait
vers moi appuyé sur une canne.

Quand il fut plus près je reconnus que c'était
un colporteur, un de ces marchands ambulants
qui vendent par les campagnes, de porte en porte,
de petits objets à bon marché[2], et voilà que surgit
dans ma pensée un très ancien souvenir, presque
rien, celui d'une rencontre faite une nuit, entre
Argenteuil et Paris, alors que j'avais vingt-cinq
ans.

Tout le bonheur de ma vie, à cette époque,
consistait à canoter. J'avais une chambre chez
un gargotier d'Argenteuil et, chaque soir, je pre-
nais le train des bureaucrates, ce long train, lent,
qui va, déposant, de gare en gare, une foule
d'hommes à petits paquets, bedonnants et lourds,
car ils ne marchent guère, et mal culottés, car
la chaise administrative déforme les pantalons.
Ce train, où je croyais retrouver une odeur de
bureau, de cartons verts et de papiers classés,
me déposait à Argenteuil. Ma yole m'attendait,
toute prête à courir sur l'eau. Et j'allais dîner à

grands coups d'aviron, soit à Bezons, soit à Chatou, soit à Épinay, soit à Saint-Ouen[1]. Puis je
rentrais, je remisais mon bateau et je repartais
pour Paris à pied, quand j'avais la lune sur la
tête.

Donc, une nuit sur la route blanche, j'aperçus
devant moi un homme qui marchait. Oh! presque
chaque fois j'en rencontrais de ces voyageurs de
nuit de la banlieue parisienne que redoutent tant
les bourgeois attardés. Cet homme allait devant
moi lentement sous un lourd fardeau.

J'arrivais droit sur lui, d'un pas très rapide qui
sonnait sur la route. Il s'arrêta, se retourna; puis,
comme j'approchais toujours, il traversa la chaus-
sée, gagnant l'autre bord du chemin.

Alors que je le dépassais vivement, il me cria:
«Hé, bonsoir, monsieur.»

Je répondis:
«Bonsoir, compagnon.»

Il reprit:
«Vous allez loin comme ça?
— Je vais à Paris.
— Vous ne serez pas long, vous marchez bien.
Moi, j'ai le dos trop chargé pour aller vite.»

J'avais ralenti le pas.

Pourquoi cet homme me parlait-il? Que trans-
portait-il dans ce gros paquet? De vagues soup-
çons de crime me frôlèrent l'esprit et me rendirent
curieux. Les faits divers des journaux en racon-
tent tant, chaque matin, accomplis dans cet
endroit même, la presqu'île de Gennevilliers[2],
que quelques-uns devaient être vrais. On n'in-
vente pas ainsi, rien que pour amuser les lecteurs,
toute cette litanie d'arrestations et de méfaits

variés dont sont pleines les colonnes confiées aux
reporters.

Pourtant la voix de cet homme semblait plutôt craintive que hardie, et son allure avait été
jusque-là bien plus prudente qu'agressive.

Je lui demandai à mon tour :

«Vous allez loin, vous ?

— Pas plus loin qu'Asnières.

— C'est votre pays Asnières ?

— Oui, monsieur, je suis colporteur de profession et j'habite Asnières. »

Il avait quitté la contre-allée, où cheminent
dans le jour les piétons, à l'ombre des arbres, et il
se rapprochait du milieu de la route. J'en fis
autant. Nous nous regardions toujours d'un œil
suspect, tenant nos cannes dans nos mains. Quand
je fus assez près de lui, je me rassurai tout à fait.
Lui aussi, sans doute, car il me demanda :

«Ça ne vous ferait rien d'aller un peu moins
vite ?

— Pourquoi ça ?

— Parce que je n'aime pas cette route-là dans
la nuit. J'ai des marchandises sur le dos, moi ;
et c'est toujours mieux d'être deux qu'un. On
n'attaque pas souvent deux hommes qui sont
ensemble. »

Je sentis qu'il disait vrai et qu'il avait peur. Je
me prêtai donc à son désir, et nous voilà marchant côte à côte, cet inconnu et moi, à une
heure du matin, sur le chemin qui va d'Argenteuil à Asnières.

«Comment rentrez-vous si tard, ayant des
risques à courir ? » demandai-je à mon voisin.

Il me conta son histoire.

Il ne pensait pas à rentrer ce soir-là, ayant emporté sur son dos, le matin même, de la pacotille pour trois ou quatre jours.

Mais la vente avait été fort bonne, si bonne qu'il se vit contraint de retourner chez lui tout de suite afin de livrer le lendemain beaucoup de choses achetées sur parole.

Il expliqua, avec une vraie satisfaction, qu'il faisait fort bien l'article, ayant une disposition particulière pour dire les choses, et que ce qu'il montrait de ses bibelots lui servait surtout à placer, en bavardant, ce qu'il ne pouvait emporter facilement.

Il ajouta :

« J'ai une boutique à Asnières. C'est ma femme qui la tient.

— Ah ! vous êtes marié ?

— Oui, m'sieu, depuis quinze mois. J'en ai trouvé une gentille de femme. Elle va être surprise de me voir revenir cette nuit. »

Il me conta son mariage. Il voulait cette fillette depuis deux ans, mais elle avait mis du temps à se décider.

Elle tenait depuis son enfance une petite boutique au coin d'une rue, où elle vendait de tout : des rubans, des fleurs en été et principalement des boucles de bottines très jolies, et plusieurs autres bibelots dont elle avait la spécialité, par faveur d'un fabricant. On la connaissait bien dans Asnières, la Bluette. On l'appelait ainsi parce qu'elle portait souvent des robes bleues. Et elle gagnait de l'argent, étant fort adroite à tout ce qu'elle faisait. Elle lui semblait malade en ce moment. Il la croyait grosse, mais il n'en était

pas sûr. Leur commerce allait bien; et il voya-
geait surtout, lui, pour montrer des échantillons
à tous les petits commerçants des localités voi-
sines; il devenait une espèce de commissionnaire voyageur pour certains industriels, et il
travaillait en même temps pour eux et pour lui-
même.

« Et vous, qu'est-ce que vous êtes ? » dit-il.

Je fis des embarras. Je racontai que je possé-
dais à Argenteuil un bateau à voiles et deux yoles
de courses[1]. Je venais m'exercer tous les soirs à
l'aviron, et aimant l'exercice, je revenais quelquefois à Paris, où j'avais une profession que je
laissai deviner lucrative.

Il reprit :

« Cristi, si j'avais des monacos[2] comme vous,
c'est moi qui ne m'amuserais pas à courir les
routes comme ça la nuit. Ça n'est pas sûr par
ici. »

Il me regardait de côté et je me demandais si
ce n'était pas tout de même un malfaiteur très
malin qui ne voulait pas courir de risque inutile.

Puis il me rassura en murmurant :

« Un peu moins vite, s'il vous plaît. C'est lourd,
mon paquet. »

Les premières maisons d'Asnières apparais-
saient.

« Me voilà presque arrivé, dit-il, nous ne cou-
chons pas à la boutique : elle est gardée la nuit
par un chien, mais un chien qui vaut quatre
hommes. Et puis les logements sont trop chers
dans le cœur de la ville. Mais écoutez-moi, monsieur, vous m'avez rendu un fier service, car je
n'ai pas le cœur tranquille, moi, sur les routes

avec mon sac. Eh bien, vrai, vous allez monter chez moi boire un vin chaud avec ma femme, si elle se réveille, car elle a le sommeil dur, et elle n'aime pas ça, qu'on la réveille. Puis, sans mon sac je ne crains plus rien, je vous reconduis aux portes de la ville avec mon gourdin. »

Je refusai, il insista, je m'obstinai, il s'acharna avec une telle peine, un tel désespoir sincère, une telle expression de regret, car il ne s'exprimait pas mal, me demandant d'un air blessé « si c'était que je ne voulais pas boire avec un homme comme lui », que je finis par céder et le suivis par un chemin désert vers une de ces grandes maisons délabrées qui forment la banlieue des banlieues.

Devant ce logis j'hésitai. Cette haute baraque de plâtre avait l'air d'un repaire de vagabonds, d'une caserne de brigands suburbains. Mais il me fit passer le premier en poussant la porte qui n'était point fermée. Il me pilota par les épaules, dans une obscurité profonde, vers un escalier que je cherchais des pieds et des mains, avec la peur légitime de tomber dans un trou de cave.

Quand j'eus rencontré la première marche, il me dit : « Montez, c'est au sixième. »

En fouillant dans ma poche, j'y découvris une boîte d'allumettes-bougies[1], et j'éclairai cette ascension. Il me suivait en soufflant sous son sac, répétant : « C'est haut ! c'est haut ! »

Quand nous fûmes au sommet de la maison, il chercha sa clef, attachée avec une ficelle dans l'intérieur de son vêtement, puis il ouvrit sa porte et me fit entrer.

C'était une chambre peinte à la chaux, avec

une table au milieu, six chaises et une armoire de cuisine contre les murs.

«Je vais réveiller ma femme, dit-il, puis je descendrai à la cave chercher du vin; il ne se garde pas ici.»

Il s'approcha d'une des deux portes qui donnaient dans cette première pièce et il appela: «Bluette! Bluette!» Bluette ne répondit pas. Il cria plus fort: «Bluette! Bluette!» Puis, tapant sur la planche à coups de poing, il murmura: «Te réveilleras-tu, nom d'un nom!»

Il attendit, colla son oreille à la serrure et reprit, calme: «Bah! faut la laisser dormir si elle dort. Je vas chercher le vin, attendez-moi deux minutes.»

Il sortit. Je m'assis résigné.

Qu'étais-je venu faire là? Soudain, je tressaillis. Car on parlait bas, on remuait doucement, presque sans bruit, dans la chambre de la femme.

Diable! N'étais-je pas tombé dans un guet-apens? Comment ne s'était-elle pas réveillée, cette Bluette, au bruit qu'avait fait son mari, aux coups qu'il avait frappés sur la porte? N'était-ce pas un signal pour dire aux complices: «Il y a un pante[1] dans la boîte. Je vas garder la sortie. Affaire à vous.» Certes, on s'agitait de plus en plus, on toucha la serrure; on fit tourner la clef. Mon cœur battait. Je me reculai jusqu'au fond de l'appartement en me disant: «Allons, défendons-nous!» et saisissant une chaise de bois à deux mains par le dossier, je me préparai à une lutte énergique.

La porte s'entrouvrit, une main parut qui la maintenait entrebâillée, puis une tête, une tête d'homme coiffée d'un chapeau de feutre rond se glissa entre le battant et le mur, et je vis deux yeux qui me regardaient. Puis, si vite que je n'eus pas le temps de faire un mouvement de défense, l'individu, le malfaiteur présumé, un grand gars, nu-pieds, vêtu à la hâte, sans cravate, ses souliers à la main, un beau gars, ma foi, un demi-monsieur, bondit vers la sortie et disparut dans l'escalier.

Je me rassis, l'aventure devenait amusante. Et j'attendis le mari qui fut longtemps à trouver son vin. Je l'entendis enfin qui montait l'escalier et le bruit de ses pas me fit rire, d'un de ces rires solitaires qui sont si durs à comprimer.

Il entra, portant deux bouteilles, puis me demanda:

«Ma femme dort toujours. Vous ne l'avez pas entendue remuer?»

Je devinai l'oreille collée contre la porte, et je dis:

«Non, pas du tout.»

Il appela de nouveau:

«Pauline!»

Elle ne répondit rien, ne remua pas. Il revint à moi, s'expliquant:

«Voyez-vous, c'est qu'elle n'aime pas ça quand je reviens dans la nuit boire un coup avec un ami.

— Alors, vous croyez qu'elle ne dort pas?

— Pour sûr, qu'elle ne dort plus.»

Il avait l'air mécontent.

«Eh bien! trinquons», dit-il.

Et il manifesta tout de suite l'intention de

vider les deux bouteilles, l'une après l'autre, là, tout doucement.

Je fus énergique, cette fois. Je bus un verre, puis je me levai. Il ne parlait plus de m'accompagner, et regardant avec un air dur, un air d'homme du peuple fâché, un air de brute en qui la violence dort, la porte de sa femme, il murmura :

« Faudra bien qu'elle ouvre quand vous serez parti. »

Je le contemplais, ce poltron devenu furieux sans savoir pourquoi, peut-être par un obscur pressentiment, un instinct de mâle trompé qui n'aime pas les portes fermées. Il m'avait parlé d'elle avec tendresse ; maintenant il allait la battre assurément.

Il cria encore une fois en secouant la serrure :

« Pauline ! »

Une voix qui semblait s'éveiller répondit derrière la cloison :

« Hein, quoi ?

— Tu m'as pas entendu rentrer ?

— Non, je dormais, fiche-moi la paix.

— Ouvre ta porte.

— Quand tu seras seul. J'aime pas que tu amènes des hommes pour boire dans la maison la nuit. »

Alors je m'en allai, trébuchant dans l'escalier, comme l'autre était parti, dont je fus le complice. Et en me remettant en route vers Paris, je songeai que je venais de voir dans ce taudis une scène de l'éternel drame qui se joue tous les jours, sous toutes les formes, dans tous les mondes.

Auprès d'un mort [1]

Il s'en allait mourant, comme meurent les poitrinaires. Je le voyais chaque jour s'asseoir, vers deux heures, sous les fenêtres de l'hôtel, en face de la mer tranquille, sur un banc de la promenade. Il restait quelque temps immobile dans la chaleur du soleil, contemplant d'un œil morne la Méditerranée [2]. Parfois il jetait un regard sur la haute montagne aux sommets vaporeux, qui enferme Menton ; puis il croisait, d'un mouvement très lent, ses longues jambes, si maigres qu'elles semblaient deux os, autour desquels flottait le drap du pantalon, et il ouvrait un livre, toujours le même.

Alors il ne remuait plus, il lisait, il lisait de l'œil et de la pensée ; tout son pauvre corps expirant semblait lire, toute son âme s'enfonçait, se perdait, disparaissait dans ce livre jusqu'à l'heure où l'air rafraîchi le faisait un peu tousser. Alors il se levait et rentrait.

C'était un grand Allemand à barbe blonde, qui déjeunait et dînait dans sa chambre, et ne parlait à personne.

Une vague curiosité m'attira vers lui. Je m'assis

un jour à son côté, ayant pris aussi, pour me donner une contenance, un volume des poésies de Musset[1].

Et je me mis à parcourir *Rolla*.

Mon voisin me dit tout à coup, en bon français :
« Savez-vous l'allemand, monsieur ?

— Nullement, monsieur.

— Je le regrette. Puisque le hasard nous met côte à côte, je vous aurais prêté, je vous aurais fait voir une chose inestimable : ce livre que je tiens là.

— Qu'est-ce donc ?

— C'est un exemplaire de mon maître Schopenhauer, annoté de sa main. Toutes les marges, comme vous le voyez, sont couvertes de son écriture. »

Je pris le livre avec respect et je contemplai ces formes incompréhensibles pour moi, mais qui révélaient l'immortelle pensée du plus grand saccageur de rêves qui ait passé sur la terre.

Et les vers de Musset éclatèrent dans ma mémoire :

Dors-tu content, Voltaire, et ton hideux sourire
Voltige-t-il encor sur tes os décharnés[2] ?

Et je comparais involontairement le sarcasme enfantin, le sarcasme religieux de Voltaire à l'irrésistible ironie du philosophe allemand dont l'influence est désormais ineffaçable.

Qu'on proteste et qu'on se fâche, qu'on s'indigne ou qu'on s'exalte, Schopenhauer a marqué l'humanité du sceau de son dédain et de son désenchantement.

Jouisseur désabusé, il a renversé les croyances, les espoirs, les poésies, les chimères, détruit les aspirations, ravagé la confiance des âmes, tué l'amour, abattu le culte idéal de la femme, crevé les illusions des cœurs, accompli la plus gigantesque besogne de sceptique qui ait jamais été faite. Il a tout traversé de sa moquerie, et tout vidé[1]. Et aujourd'hui même, ceux qui l'exècrent semblent porter, malgré eux, en leurs esprits, des parcelles de sa pensée.

« Vous avez donc connu particulièrement Schopenhauer ? » dis-je à l'Allemand.

Il sourit tristement.

« Jusqu'à sa mort, monsieur. »

Et il me parla de lui, il me raconta l'impression presque surnaturelle que faisait cet être étrange à tous ceux qui l'approchaient.

Il me dit l'entrevue du vieux démolisseur avec un politicien français, républicain doctrinaire, qui voulut voir cet homme et le trouva dans une brasserie tumultueuse, assis au milieu de disciples, sec, ridé, riant d'un inoubliable rire, mordant et déchirant les idées et les croyances d'une seule parole, comme un chien d'un coup de dents déchire les tissus avec lesquels il joue.

Il me répéta le mot de ce Français, s'en allant effaré, épouvanté et s'écriant :

« J'ai cru passer une heure avec le diable[2]. »

Puis il ajouta :

« Il avait, en effet, monsieur, un effrayant sourire, qui nous fit peur, même après sa mort. C'est une anecdote presque inconnue que je peux vous conter si elle vous intéresse. »

Et il commença, d'une voix fatiguée, que des quintes de toux interrompaient par moments :

*

Schopenhauer venait de mourir, et il fut décidé que nous le veillerions tour à tour, deux par deux, jusqu'au matin.

Il était couché dans une grande chambre très simple, vaste et sombre. Deux bougies brûlaient sur la table de nuit.

C'est à minuit que je pris la garde, avec un de nos camarades. Les deux amis que nous remplacions sortirent, et nous vînmes nous asseoir au pied du lit.

La figure n'était point changée. Elle riait. Ce pli que nous connaissions si bien se creusait au coin des lèvres, et il nous semblait qu'il allait ouvrir les yeux, remuer, parler. Sa pensée ou plutôt ses pensées nous enveloppaient ; nous nous sentions plus que jamais dans l'atmosphère de son génie, envahis, possédés par lui. Sa domination nous semblait même plus souveraine maintenant qu'il était mort. Un mystère se mêlait à la puissance de cet incomparable esprit.

Le corps de ces hommes-là disparaît, mais ils restent, eux ; et, dans la nuit qui suit l'arrêt de leur cœur, je vous assure, monsieur, qu'ils sont effrayants.

Et, tout bas, nous parlions de lui, nous rappelant des paroles, des formules, ces surprenantes maximes qui semblent des lumières jetées, par quelques mots, dans les ténèbres de la Vie inconnue.

« Il me semble qu'il va parler », dit mon camarade. Et nous regardions, avec une inquiétude touchant à la peur, le visage immobile et riant toujours.

Peu à peu nous nous sentions mal à l'aise, oppressés, défaillants. Je balbutiai :

« Je ne sais pas ce que j'ai, mais je t'assure que je suis malade. »

Et nous nous aperçûmes alors que le cadavre sentait mauvais.

Alors mon compagnon me proposa de passer dans la chambre voisine, en laissant la porte ouverte ; et j'acceptai.

Je pris une des bougies qui brûlaient sur la table de nuit et je laissai la seconde, et nous allâmes nous asseoir à l'autre bout de l'autre pièce, de façon à voir de notre place le lit et le mort, en pleine lumière.

Mais il nous obsédait toujours ; on eût dit que son être immatériel, dégagé, libre, tout-puissant et dominateur, rôdait autour de nous. Et parfois aussi l'odeur infâme du corps décomposé nous arrivait, nous pénétrait, écœurante et vague.

Tout à coup, un frisson nous passa dans les os[1] : un bruit, un petit bruit était venu de la chambre du mort. Nos regards furent aussitôt sur lui, et nous vîmes, oui, monsieur, nous vîmes parfaitement, l'un et l'autre, quelque chose de blanc courir sur le lit, tomber à terre sur le tapis, et disparaître sous un fauteuil.

Nous fûmes debout avant d'avoir eu le temps de penser à rien, fous d'une terreur stupide, prêts à fuir. Puis nous nous sommes regardés. Nous étions horriblement pâles. Nos cœurs battaient à soulever le drap de nos habits. Je parlai le premier.

«Tu as vu?...

— Oui, j'ai vu.

— Est-ce qu'il n'est pas mort?

— Mais puisqu'il entre en putréfaction?

— Qu'allons-nous faire?»

Mon compagnon prononça en hésitant:

«Il faut aller voir.»

Je pris notre bougie, et j'entrai le premier, fouillant de l'œil toute la grande pièce aux coins noirs. Rien ne remuait plus; et je m'approchai du lit. Mais je demeurai saisi de stupeur et d'épouvante: Schopenhauer ne riait plus! Il grimaçait d'une horrible façon, la bouche serrée, les joues creusées profondément. Je balbutiai:

«Il n'est pas mort!»

Mais l'odeur épouvantable me montait au nez, me suffoquait. Et je ne remuais plus, le regardant fixement, effaré comme devant une apparition.

Alors mon compagnon, ayant pris l'autre bougie, se pencha. Puis il me toucha le bras sans dire un mot. Je suivis son regard, et j'aperçus à terre, sous le fauteuil à côté du lit, tout blanc sur le sombre tapis, ouvert comme pour mordre, le râtelier de Schopenhauer.

Le travail de la décomposition, desserrant les mâchoires, l'avait fait jaillir de la bouche.

J'ai eu vraiment peur ce jour-là, monsieur

*

Et, comme le soleil s'approchait de la mer étincelante, l'Allemand phtisique se leva, me salua, et regagna l'hôtel.

La Serre [1]

M. et Mme Lerebour avaient le même âge. Mais monsieur paraissait plus jeune, bien qu'il fût le plus affaibli des deux. Ils vivaient près de Nantes dans une jolie campagne qu'ils avaient créée après fortune faite en vendant des rouenneries [2].

La maison était entourée d'un beau jardin contenant basse-cour, kiosque chinois [3] et une petite serre tout au bout de la propriété. M. Lerebour était court, rond et jovial, d'une jovialité de boutiquier bon vivant. Sa femme, maigre, volontaire et toujours mécontente, n'était point parvenue à vaincre la bonne humeur de son mari. Elle se teignait les cheveux, lisait parfois des romans qui lui faisaient passer des rêves dans l'âme, bien qu'elle affectât de mépriser ces sortes d'écrits. On la déclarait passionnée, sans qu'elle eût jamais rien fait pour autoriser cette opinion. Mais son époux disait parfois : « Ma femme, c'est une gaillarde ! » avec un certain air entendu qui éveillait des suppositions.

Depuis quelques années cependant elle se montrait agressive avec M. Lerebour, toujours irritée et dure, comme si un chagrin secret et inavouable l'eût torturée. Une sorte de mésintelligence en résulta. Ils ne se parlaient plus qu'à peine, et madame, qui s'appelait Palmyre[1], accablait sans cesse monsieur, qui s'appelait Gustave, de compliments désobligeants, d'allusions blessantes, de paroles acerbes, sans raison apparente.

Il courbait le dos, ennuyé mais gai quand même, doué d'un tel fonds de contentement qu'il prenait son parti de ces tracasseries intimes. Il se demandait cependant quelle cause inconnue pouvait aigrir ainsi de plus en plus sa compagne, car il sentait bien que son irritation avait une raison cachée, mais si difficile à pénétrer qu'il y perdait ses efforts.

Il lui demandait souvent : «Voyons, ma bonne, dis-moi ce que tu as contre moi? Je sens que tu me dissimules quelque chose.»

Elle répondait invariablement : «Mais je n'ai rien, absolument rien. D'ailleurs si j'avais quelque sujet de mécontentement, ce serait à toi de le deviner. Je n'aime pas les hommes qui ne comprennent rien, qui sont tellement mous et incapables qu'il faut venir à leur aide pour qu'ils saisissent la moindre des choses.»

Il murmurait, découragé : «Je vois bien que tu ne veux rien dire.»

Et il s'éloignait en cherchant le mystère.

Les nuits surtout devenaient très pénibles pour lui; car ils partageaient toujours le même lit, comme on fait dans les bons et simples ménages. Il n'était point alors de vexations dont elle n'usât à son égard. Elle choisissait le moment où ils étaient étendus côte à côte pour l'accabler de ses

railleries les plus vives. Elle lui reprochait principalement d'engraisser : « Tu tiens toute la place,
tant tu deviens gros. Et tu me sues dans le dos
comme du lard fondu. Si tu crois que cela m'est
agréable ! »

Elle le forçait à se relever sous le moindre prétexte, l'envoyant chercher en bas un journal
qu'elle avait oublié, ou la bouteille d'eau de fleurs
d'oranger qu'il ne trouvait pas, car elle l'avait
cachée. Et elle s'écriait d'un ton furieux et sarcas-
tique : « Tu devrais pourtant savoir où on trouve
ça, grand nigaud [1] ! » Lorsqu'il avait erré pendant
une heure dans la maison endormie et qu'il
remontait les mains vides, elle lui disait pour tout
remerciement : « Allons, recouche-toi, ça te fera
maigrir de te promener un peu, tu deviens flasque
comme une éponge. »

Elle le réveillait à tout moment en affirmant
qu'elle souffrait de crampes d'estomac et exigeait
qu'il lui frictionnât le ventre avec de la flanelle
imbibée d'eau de Cologne. Il s'efforçait de la
guérir, désolé de la voir malade ; et il proposait
d'aller réveiller Céleste, leur bonne. Alors, elle se
fâchait tout à fait, criant : « Faut-il qu'il soit bête,
ce dindon-là. Allons ! c'est fini, je n'ai plus mal,
rendors-toi, grande chiffe. »

Il demandait : « C'est bien sûr que tu ne souffres
plus ? »

Elle lui jetait durement dans la figure : « Oui,
tais-toi, laisse-moi dormir. Ne m'embête pas
davantage. Tu es incapable de rien faire, même
de frictionner une femme. »

Il se désespérait : « Mais... ma chérie... »

Elle s'exaspérait : «Pas de mais… Assez, n'est-ce pas. Fiche-moi la paix, maintenant…»

Et elle se tournait vers le mur.

Or une nuit, elle se secoua si brusquement, qu'il fit un bond de peur et se trouva sur son séant avec une rapidité qui ne lui était pas habituelle.

Il balbutia : «Quoi ?… Qu'y a-t-il ?…»

Elle le tenait par le bras et le pinçait à le faire crier. Elle lui souffla dans l'oreille : «J'ai entendu du bruit dans la maison.»

Accoutumé aux fréquentes alertes de Mme Lerebour, il ne s'inquiéta pas outre mesure, et demanda tranquillement : «Quel bruit, ma chérie ?»

Elle tremblait, comme affolée, et répondit : «Du bruit… mais du bruit… des bruits de pas… Il y a quelqu'un.»

Il demeurait incrédule : «Quelqu'un ? Tu crois ? Mais non ; tu dois te tromper. Qui veux-tu que ce soit, d'ailleurs ?»

Elle frémissait : «Qui ?… qui ?… Mais des voleurs, imbécile !»

Il se renfonça doucement dans ses draps : «Mais non, ma chérie, il n'y a personne, tu as rêvé, sans doute.»

Alors, elle rejeta la couverture, et, sautant du lit, exaspérée : «Mais tu es donc aussi lâche qu'incapable ! Dans tous les cas, je ne me laisserai pas massacrer grâce à ta pusillanimité.»

Et saisissant les pinces de la cheminée, elle se porta debout, devant la porte verrouillée, dans une attitude de combat.

Ému par cet exemple de vaillance, honteux

peut-être, il se leva à son tour en rechignant, et sans quitter son bonnet de coton, il prit la pelle et se plaça vis-à-vis de sa moitié.

Ils attendirent vingt minutes dans le plus grand silence. Aucun bruit nouveau ne troubla le repos de la maison. Alors, madame. furieuse, regagna son lit en déclarant : « Je suis sûre pourtant qu'il y avait quelqu'un. »

Pour éviter quelque querelle, il ne fit aucune allusion pendant le jour à cette panique.

Mais, la nuit suivante, Mme Lerebour réveilla son mari avec plus de violence encore que la veille et, haletante, elle bégayait : « Gustave, Gustave, on vient d'ouvrir la porte du jardin. »

Étonné de cette persistance, il crut sa femme atteinte de somnambulisme et il allait s'efforcer de secouer ce sommeil dangereux quand il lui sembla entendre, en effet, un bruit léger sous les murs de la maison.

Il se leva, courut à la fenêtre, et il vit, oui, il vit une ombre blanche qui traversait vivement une allée.

Il murmura, défaillant : « Il y a quelqu'un ! » Puis il reprit ses sens, s'affermit, et, soulevé tout à coup par une formidable colère de propriétaire dont on a violé la clôture, il prononça : « Attendez, attendez, vous allez voir. »

Il s'élança vers le secrétaire, l'ouvrit, prit son revolver, et se précipita dans l'escalier.

Sa femme éperdue le suivait en criant : « Gustave, Gustave, ne m'abandonne pas, ne me laisse pas seule. Gustave ! Gustave ! »

Mais il ne l'écoutait guère ; il tenait déjà la porte du jardin.

Alors elle remonta bien vite se barricader dans la chambre conjugale.

Elle attendit cinq minutes, dix minutes, un quart d'heure. Une terreur folle l'envahissait. Ils l'avaient tué sans doute, saisi, garrotté, étranglé. Elle eût mieux aimé entendre retentir les six coups de revolver, savoir qu'il se battait, qu'il se défendait. Mais ce grand silence, ce silence effrayant de la campagne la bouleversait.

Elle sonna Céleste. Céleste ne vint pas, ne répondit point. Elle sonna de nouveau, défaillante, prête à perdre connaissance. La maison entière demeura muette.

Elle colla contre la vitre son front brûlant, cherchant à pénétrer les ténèbres du dehors. Elle ne distinguait rien que les ombres plus noires des massifs à côté des traces grises des chemins.

La demie de minuit sonna. Son mari était absent depuis quarante-cinq minutes. Elle ne le reverrait plus! Non! certainement elle ne le reverrait plus! Et elle tomba à genoux en sanglotant.

Deux coups légers contre la porte de la chambre la firent se redresser d'un bond. M. Lerebour l'appelait: «Ouvre donc, Palmyre, c'est moi.» Elle s'élança, ouvrit, et debout devant lui, les poings sur les hanches, les yeux encore pleins de larmes: «D'où viens-tu, sale bête! Ah! tu me laisses comme ça à crever de peur toute seule, ah! tu ne t'inquiètes pas plus de moi que si je n'existais pas...»

Il avait refermé la porte; et il riait, il riait comme un fou, les deux joues fendues par sa bouche, les mains sur son ventre, les yeux humides.

Mme Lerebour, stupéfaite, se tut.

Il bégayait: «C'était... c'était... Céleste qui avait un... un... un rendez-vous dans la serre... Si tu savais ce que... ce que... ce que j'ai vu...»

Elle était devenue blême, étouffant d'indignation. «Hein?... tu dis?... Céleste?... chez moi?... dans ma... ma... ma maison... dans ma... ma... dans ma serre. Et tu n'as pas tué l'homme, un complice! Tu avais un revolver et tu ne l'as pas tué... Chez moi... chez moi...»

Elle s'assit, n'en pouvant plus.

Il battit un entrechat, fit les castagnettes avec ses doigts, claqua de la langue, et, riant toujours: «Si tu savais... si tu savais...»

Brusquement, il l'embrassa.

Elle se débarrassa de lui. Et la voix coupée par la colère: «Je ne veux pas que cette fille reste un jour de plus chez moi, tu entends? Pas un jour... pas une heure. Quand elle va rentrer, nous allons la jeter dehors...»

M. Lerebour avait saisi sa femme par la taille et il lui plantait des rangs de baisers dans le cou, des baisers à bruits, comme jadis. Elle se tut de nouveau, percluse d'étonnement. Mais lui, la tenant à pleins bras, l'entraînait doucement vers le lit...

Vers neuf heures et demie du matin, Céleste, étonnée de ne pas voir encore ses maîtres qui se levaient toujours de bonne heure, vint frapper doucement à leur porte.

Ils étaient couchés, et ils causaient gaiement

côte à côte. Elle demeura saisie, et demanda:
«Madame, c'est le café au lait.»

Mme Lerebour prononça d'une voix très douce:
«Apporte-le ici, ma fille, nous sommes un peu
fatigués, nous avons très mal dormi.»

À peine la bonne fut-elle sortie que M. Lerebour se remit à rire en chatouillant sa femme et
répétant: «Si tu savais! Oh! si tu savais!» Mais
elle lui prit les mains: «Voyons, reste tranquille,
mon chéri, si tu ris tant que ça, tu vas te faire du
mal.»

Et elle l'embrassa, doucement, sur les yeux.

Mme Lerebour n'a plus d'aigreurs. Par les
nuits claires quelquefois, les deux époux vont, à
pas furtifs, le long des massifs et des plates-
bandes jusqu'à la petite serre au bout du jardin.
Et ils restent là blottis l'un près de l'autre contre
le vitrage comme s'ils regardaient au-dedans une
chose étrange et pleine d'intérêt.

Ils ont augmenté les gages de Céleste.

M. Lerebour a maigri.

Un duel [1]

La guerre était finie ; les Allemands occupaient la France ; le pays palpitait comme un lutteur vaincu tombé sous le genou du vainqueur [2].

De Paris affolé, affamé, désespéré, les premiers trains sortaient, allant aux frontières nouvelles, traversant avec lenteur les campagnes et les villages. Les premiers voyageurs regardaient par les portières les plaines ruinées et les hameaux incendiés. Devant les portes des maisons restées debout, des soldats prussiens, coiffés du casque noir à la pointe de cuivre, fumaient leur pipe, à cheval sur des chaises. D'autres travaillaient ou causaient comme s'ils eussent fait partie des familles [3]. Quand on passait les villes, on voyait des régiments entiers manœuvrant sur les places, et, malgré le bruit des roues, les commandements rauques arrivaient par instants.

M. Dubuis, qui avait fait partie de la garde nationale [4] de Paris pendant toute la durée du siège, allait rejoindre en Suisse sa femme et sa fille, envoyées par prudence à l'étranger, avant l'invasion.

La famine et les fatigues n'avaient point dimi-

nué son gros ventre de marchand riche et pacifique. Il avait subi les événements terribles avec
une résignation désolée et des phrases amères
sur la sauvagerie des hommes. Maintenant qu'il
gagnait la frontière, la guerre finie, il voyait pour
la première fois des Prussiens, bien qu'il eût fait
son devoir sur les remparts et monté bien des
gardes par les nuits froides.

Il regardait avec une terreur irritée ces hommes
armés et barbus installés comme chez eux sur la
terre de France, et il se sentait à l'âme une sorte
de fièvre de patriotisme impuissant en même
temps que ce grand besoin, que cet instinct nouveau de prudence qui ne nous a plus quittés.

Dans son compartiment, deux Anglais, venus
pour voir, regardaient de leurs yeux tranquilles
et curieux[1]. Ils étaient gros aussi tous deux et
causaient en leur langue, parcourant parfois leur
guide, qu'ils lisaient à haute voix en cherchant à
bien reconnaître les lieux indiqués.

Tout à coup, le train s'étant arrêté à la gare
d'une petite ville, un officier prussien monta
avec son grand bruit de sabre sur le double mar-
chepied du wagon. Il était grand, serré dans son
uniforme et barbu jusqu'aux yeux. Son poil roux
semblait flamber, et ses longues moustaches,
plus pâles, s'élançaient des deux côtés du visage
qu'elles coupaient en travers.

Les Anglais aussitôt se mirent à le contempler
avec des sourires de curiosité satisfaite, tandis
que M. Dubuis faisait semblant de lire un journal. Il se tenait blotti dans son coin, comme un
voleur en face d'un gendarme.

Le train se remit en marche. Les Anglais conti-

nuaient à causer, à chercher les lieux précis des
batailles; et soudain, comme l'un d'eux tendait
le bras vers l'horizon en indiquant un village,
l'officier prussien prononça en français, en éten-
dant ses longues jambes et se renversant sur le
dos:

«Ché tué touze Français tans ce fillage. Ché
bris plus te cent brisonniers.»

Les Anglais, tout à fait intéressés, demandè-
rent aussitôt:

«Aoh! comment s'appelé, cette village?»

Le Prussien répondit: «Pharsbourg[1].»

Il reprit:

«Ché bris ces bolissons de Français bar les
oreilles.»

Et il regardait M. Dubuis en riant orgueilleu-
sement dans son poil.

Le train roulait, traversant toujours des
hameaux occupés. On voyait les soldats allemands
le long des routes, au bord des champs, debout
au coin des barrières, ou causant devant les cafés.
Ils couvraient la terre comme les sauterelles
d'Afrique.

L'officier tendit la main:

«Si ch'afrais le gommandement ch'aurais bris
Paris, et brûlé tout, et tué tout le monde. Blus de
France!»

Les Anglais par politesse répondirent simplement:

«Aoh yes.»

Il continua:

«Tans vingt ans, toute l'Europe, toute, abar-
tiendra à nous. La Brusse blus forte que tous.»

Les Anglais inquiets ne répondaient plus. Leurs

faces, devenues impassibles, semblaient de cire
entre leurs longs favoris. Alors l'officier prussien
se mit à rire. Et, toujours renversé sur le dos, il
blagua. Il blaguait la France écrasée, insultait
les ennemis à terre ; il blaguait l'Autriche vaincue naguère[1] ; il blaguait la défense acharnée
et impuissante des départements ; il blaguait
les mobiles, l'artillerie inutile. Il annonça que
Bismarck allait bâtir une ville de fer avec les
canons capturés. Et soudain il mit ses bottes
contre la cuisse de M. Dubuis, qui détournait les
yeux, rouge jusqu'aux oreilles.

Les Anglais semblaient devenus indifférents à
tout, comme s'ils s'étaient trouvés brusquement
renfermés dans leur île, loin des bruits du monde.

L'officier tira sa pipe et, regardant fixement le
Français :

« Vous n'auriez bas de tabac ? »

M. Dubuis répondit :

« Non, monsieur. »

L'Allemand reprit :

« Je fous brie t'aller en acheter gand le gonvoi
s'arrêtera. »

Et il se mit à rire de nouveau :

« Je vous tonnerai un bourboire. »

Le train siffla, ralentissant sa marche. On passait devant les bâtiments incendiés d'une gare ;
puis on s'arrêta tout à fait.

L'Allemand ouvrit la portière et, prenant par
le bras M. Dubuis :

« Allez faire ma gommission, fite, fite ! »

Un détachement prussien occupait la station.
D'autres soldats regardaient, debout le long des
grilles de bois. La machine déjà sifflait pour

repartir. Alors, brusquement, M. Dubuis s'élança
sur le quai et, malgré les gestes du chef de gare,
il se précipita dans le compartiment voisin[1].

Il était seul! Il ouvrit son gilet, tant son cœur
battait, et il s'essuya le front, haletant.

Le train s'arrêta de nouveau dans une station.
Et tout à coup l'officier parut à la portière et
monta, suivi bientôt des deux Anglais que la
curiosité poussait. L'Allemand s'assit en face du
Français et, riant toujours:

«Fous n'afez pas foulu faire ma gommission.»

M. Dubuis répondit:

«Non, monsieur.»

Le train venait de repartir.

L'officier dit:

«Che fais gouper fotre moustache pour bour-
rer ma pipe.»

Et il avança la main vers la figure de son
voisin.

Les Anglais, toujours impassibles, regardaient
de leurs yeux fixes.

Déjà, l'Allemand avait pris une pincée de poils
et tirait dessus, quand M. Dubuis d'un revers de
main lui releva le bras et, le saisissant au collet,
le rejeta sur la banquette. Puis fou de colère, les
tempes gonflées, les yeux pleins de sang, l'étran-
glant toujours d'une main, il se mit avec l'autre,
fermée, à lui taper furieusement des coups de
poing par la figure. Le Prussien se débattait,
tâchait de tirer son sabre, d'étreindre son adversaire couché sur lui. Mais M. Dubuis l'écrasait
du poids énorme de son ventre, et tapait, tapait
sans repos, sans prendre haleine, sans savoir où

tombaient ses coups. Le sang coulait; l'Allemand, étranglé, râlait, crachait ses dents, essayait, mais en vain, de rejeter ce gros homme exaspéré, qui l'assommait.

Les Anglais s'étaient levés et rapprochés pour mieux voir. Ils se tenaient debout, pleins de joie et de curiosité, prêts à parier pour ou contre chacun des combattants.

Et soudain M. Dubuis, épuisé par un pareil effort, se releva et se rassit sans dire un mot.

Le Prussien ne se jeta pas sur lui, tant il demeurait effaré, stupide d'étonnement et de douleur. Quand il eut repris haleine, il prononça:

«Si fous ne foulez pas me rendre raison avec le bistolet, che vous tuerai.»

M. Dubuis répondit:

«Quand vous voudrez. Je veux bien.»

L'Allemand reprit:

«Foici la fille de Strasbourg, che brendrai deux officiers bour témoins, ché le temps avant que le train rebarte.»

M. Dubuis, qui soufflait autant que la machine, dit aux Anglais:

«Voulez-vous être mes témoins?»

Tous deux répondirent ensemble:

«Aoh yes!»

Et le train s'arrêta.

En une minute, le Prussien avait trouvé deux camarades qui apportèrent des pistolets, et on gagna les remparts.

Les Anglais sans cesse tiraient leur montre, pressant le pas, hâtant les préparatifs, inquiets de l'heure pour ne point manquer le départ.

M. Dubuis n'avait jamais tenu un pistolet. On

le plaça à vingt pas de son ennemi. On lui demanda :

« Êtes-vous prêt ? »

En répondant « oui, monsieur », il s'aperçut qu'un des Anglais avait ouvert son parapluie pour se garantir du soleil.

Une voix commanda :

« Feu ! »

M. Dubuis tira, au hasard, sans attendre, et il aperçut avec stupeur le Prussien debout en face de lui qui chancelait, levait les bras et tombait raide sur le nez. Il l'avait tué.

Un Anglais cria un « Aoh » vibrant de joie, de curiosité satisfaite et d'impatience heureuse. L'autre, qui tenait toujours sa montre à la main, saisit M. Dubuis par le bras, et l'entraîna, au pas gymnastique, vers la gare.

Le premier Anglais marquait le pas, tout en courant, les poings fermés, les coudes au corps.

« Une, deux ! une, deux ! »

Et tous trois de front trottaient, malgré leurs ventres, comme trois grotesques d'un journal pour rire.

Le train partait. Ils sautèrent dans leur voiture. Alors, les Anglais, ôtant leurs toques de voyage, les levèrent en les agitant, puis, trois fois de suite, ils crièrent :

« Hip, hip, hip, hurrah ! »

Puis, ils tendirent gravement, l'un après l'autre, la main droite à M. Dubuis, et ils retournèrent s'asseoir côte à côte dans leur coin.

Une soirée [1]

Maître Saval, notaire à Vernon [2], aimait passionnément la musique. Jeune encore, chauve déjà, rasé toujours avec soin, un peu gros, comme il sied, portant un pince-nez d'or au lieu des antiques lunettes, actif, galant et joyeux, il passait, dans Vernon, pour un artiste. Il touchait du piano et jouait du violon, donnait des soirées musicales où l'on interprétait les opéras nouveaux.

Il avait même ce qu'on appelle un filet de voix, rien qu'un filet, un tout petit filet ; mais il le conduisait avec tant de goût que les « Bravo ! Exquis ! Surprenant ! Adorable ! » jaillissaient de toutes les bouches, dès qu'il avait murmuré la dernière note.

Il était abonné chez un éditeur de musique de Paris, qui lui adressait les nouveautés, et il envoyait de temps en temps à la haute société de la ville des petits billets ainsi tournés :

« Vous êtes prié d'assister, lundi soir, chez M. Saval, notaire, à la première audition, à Vernon, du *Saïs* [3]. »

Quelques officiers, doués de jolie voix, faisaient les chœurs. Deux ou trois dames du cru chantaient aussi. Le notaire remplissait le rôle du chef d'orchestre avec tant de sûreté, que le chef de musique du 190ᵉ de ligne avait dit de lui, un jour, au café de l'Europe :

« Oh ! M. Saval, c'est un maître. Il est bien malheureux qu'il n'ait pas embrassé la carrière des arts. »

Quand on citait son nom dans un salon, il se trouvait toujours quelqu'un pour déclarer :

« Ce n'est pas un amateur, c'est un artiste, un véritable artiste. »

Et deux ou trois personnes répétaient, avec une conviction profonde :

« Oh ! oui, un véritable artiste » ; en appuyant beaucoup sur « véritable ».

Chaque fois qu'une œuvre nouvelle était interprétée sur une grande scène de Paris, M. Saval faisait le voyage.

Or, l'an dernier, il voulut, selon sa coutume, aller entendre *Henri VIII* [1]. Il prit donc l'express qui arrive à Paris à quatre heures et trente minutes, étant résolu à repartir par le train de minuit trente-cinq, pour ne point coucher à l'hôtel. Il avait endossé chez lui la tenue de soirée, habit noir et cravate blanche, qu'il dissimulait sous son pardessus au col relevé.

Dès qu'il eut mis le pied rue d'Amsterdam, il se sentit tout joyeux. Il se disait :

« Décidément l'air de Paris ne ressemble à aucun air. Il a un je ne sais quoi de montant, d'excitant, de grisant qui vous donne une drôle d'envie de gambader et de faire bien autre chose encore. Dès que je débarque ici, il me semble, tout d'un coup, que je viens de boire une bouteille de champagne. Quelle vie on pourrait mener dans cette ville, au milieu des artistes ! Heureux les élus, les grands hommes qui jouissent de la renommée dans une pareille ville ! Quelle existence est la leur ! »

Et il faisait des projets ; il aurait voulu connaître quelques-uns de ces hommes célèbres, pour parler d'eux à Vernon et passer de temps en temps une soirée chez eux lorsqu'il venait à Paris.

Mais tout à coup une idée le frappa. Il avait entendu citer de petits cafés du boulevard extérieur où se réunissaient des peintres déjà connus, des hommes de lettres, même des musiciens, et il se mit à monter vers Montmartre d'un pas lent[1].

Il avait deux heures devant lui. Il voulait voir. Il passa devant les brasseries fréquentées par les derniers bohèmes, regardant les têtes, cherchant à deviner les artistes. Enfin il entra au Rat-Mort[2], alléché par le titre.

Cinq ou six femmes accoudées sur les tables de marbre parlaient bas de leurs affaires d'amour, des querelles de Lucie avec Hortense, de la gredinerie d'Octave. Elles étaient mûres, trop grasses ou trop maigres, fatiguées, usées. On les devinait presque chauves ; et elles buvaient des bocks, comme des hommes.

M. Saval s'assit loin d'elles, et attendit, car l'heure de l'absinthe approchait[3].

Un grand jeune homme vint bientôt se placer près de lui. La patronne l'appela M. « Romantin[4] ». Le notaire tressaillit. Est-ce ce Romantin qui venait d'avoir une première médaille au dernier Salon ?

Le jeune homme, d'un geste, fit venir le garçon :

«Tu vas me donner à dîner tout de suite, et puis tu porteras à mon nouvel atelier, 15, boulevard de Clichy, trente bouteilles de bière et le jambon que j'ai commandé ce matin. Nous allons pendre la crémaillère.»

M. Saval, aussitôt, se fit servir à dîner. Puis il ôta son pardessus, montrant un habit et sa cravate blanche.

Son voisin ne paraissait point le remarquer. Il avait pris un journal et lisait. M. Saval le regardait de côté, brûlant du désir de lui parler.

Deux jeunes hommes entrèrent, vêtus de vestes de velours rouge, et portant des barbes en pointe à la Henri III. Ils s'assirent en face de Romantin.

Le premier dit :

«C'est pour ce soir?»

Romantin lui serra la main :

«Je te crois, mon vieux, et tout le monde y sera. J'ai Bonnat, Guillemet, Gervex, Béraud, Hébert, Duez, Clairin, Jean-Paul Laurens[1]; ce sera une fête épatante. Et des femmes, tu verras! Toutes les actrices sans exception, toutes celles qui n'ont rien à faire ce soir, bien entendu.»

Le patron de l'établissement s'était approché.

«Vous la pendez souvent, cette crémaillère?»

Le peintre répondit :

«Je vous crois, tous les trois mois, à chaque terme.»

M. Saval n'y tint plus et d'une voix hésitante :

«Je vous demande pardon de vous déranger, monsieur, mais j'ai entendu prononcer votre nom et je serais fort désireux de savoir si vous êtes bien M. Romantin dont j'ai tant admiré l'œuvre au dernier Salon.»

L'artiste répondit :

« Lui-même, en personne, monsieur. »

Le notaire alors fit un compliment bien tourné, prouvant qu'il avait des lettres.

Le peintre, séduit, répondit par des politesses. On causa.

Romantin en revint à sa crémaillère, détaillant les magnificences de la fête.

M. Saval l'interrogea sur tous les hommes qu'il allait recevoir, ajoutant :

« Ce serait pour un étranger une extraordinaire bonne fortune que de rencontrer, d'un seul coup, tant de célébrités réunies chez un artiste de votre valeur. »

Romantin, conquis, répondit :

« Si ça peut vous être agréable, venez. »

M. Saval accepta avec enthousiasme, pensant :

« J'aurai toujours le temps de voir *Henri VIII*. »

Tous deux avaient achevé leur repas. Le notaire s'acharna à payer les deux notes, voulant répondre aux gracieusetés de son voisin. Il paya aussi les consommations des jeunes gens en velours rouge ; puis il sortit avec son peintre.

Ils s'arrêtèrent devant une maison très longue et peu élevée, dont tout le premier étage avait l'air d'une serre interminable. Six ateliers s'alignaient à la file, en façade sur le boulevard.

Romantin entra le premier, monta l'escalier, ouvrit une porte, alluma une allumette, puis une bougie.

Ils se trouvaient dans une pièce démesurée dont le mobilier consistait en trois chaises, deux chevalets, et quelques esquisses posées par terre, le long des murs. M. Saval, stupéfait, restait immobile sur la porte.

Le peintre prononça :

« Voilà, — nous avons la place ; mais tout est à faire. »

Puis, examinant le haut appartement nu dont le plafond se perdait dans l'ombre, il déclara :

« On pourrait tirer un grand parti de cet atelier. »

Il en fit le tour en le contemplant avec la plus grande attention, puis reprit :

« J'ai bien une maîtresse qui aurait pu nous aider. Pour draper des étoffes, les femmes sont incomparables ; mais je l'ai envoyée à la campagne pour aujourd'hui, afin de m'en débarrasser ce soir. Ce n'est pas qu'elle m'ennuie, mais elle manque par trop d'usage : cela m'aurait gêné pour mes invités. »

Il réfléchit quelques secondes, puis ajouta :

« C'est une bonne fille, mais pas commode. Si elle savait que je reçois du monde, elle m'arracherait les yeux. »

M. Saval n'avait point fait un mouvement ; il ne comprenait pas.

L'artiste s'approcha de lui.

« Puisque je vous ai invité, vous allez m'aider à quelque chose. »

Le notaire déclara :

« Usez de moi comme vous voudrez. Je suis à votre disposition. »

Romantin ôta sa jaquette.

« Eh bien, citoyen, à l'ouvrage. Nous allons d'abord nettoyer. »

Il alla derrière le chevalet qui portait une toile représentant un chat, et prit un balai très usé.

« Tenez, balayez pendant que je vais me préoc-
cuper de l'éclairage. »

M. Saval prit le balai, le considéra, et se mit à
frotter maladroitement le parquet en soulevant
un ouragan de poussière.

Romantin, indigné, l'arrêta :

« Vous ne savez donc pas balayer, sacrebleu !
Tenez, regardez-moi. »

Et il commença à rouler devant lui des tas
d'ordure grise, comme s'il n'eût fait que cela
toute sa vie ; puis il rendit le balai au notaire, qui
l'imita.

En cinq minutes, une telle fumée de poussière
emplissait l'atelier que Romantin demanda :

« Où êtes-vous ? Je ne vous vois plus. »

M. Saval, qui toussait, se rapprocha. Le peintre
lui dit :

« Comment vous y prendriez-vous pour faire
un lustre ? »

L'autre, abasourdi, demanda :

« Quel lustre ?

— Mais un lustre pour éclairer, un lustre avec
des bougies. »

Le notaire ne comprenait point. Il répondit :

« Je ne sais pas. »

Le peintre se mit à gambader en jouant des
castagnettes avec ses doigts :

« Eh bien ! moi, j'ai trouvé, monseigneur. »

Puis il reprit avec plus de calme :

« Vous avez bien cinq francs sur vous ? »

M. Saval répondit :

« Mais oui. »

L'artiste reprit :

« Eh bien ! vous allez m'acheter pour cinq francs

de bougies pendant que je vais aller chez le tonnelier. »

Et il poussa dehors le notaire en habit. Au bout de cinq minutes ils étaient revenus rapportant, l'un des bougies, l'autre un cercle de futaille. Puis Romantin plongea dans un placard et en tira une vingtaine de bouteilles vides, qu'il attacha en couronne autour du cercle. Il descendit ensuite emprunter une échelle à la concierge, après avoir expliqué qu'il avait obtenu les faveurs de la vieille femme en faisant le portrait de son chat exposé sur le chevalet.

Lorsqu'il fut remonté avec un escabeau, il demanda à M. Saval :

« Êtes-vous souple ? »

L'autre, sans comprendre, répondit :

« Mais oui.

— Eh bien, vous allez grimper là-dessus et m'attacher ce lustre-là à l'anneau du plafond. Puis vous mettrez une bougie dans chaque bouteille, et vous allumerez. Je vous dis que j'ai le génie de l'éclairage. Mais retirez votre habit, sacrebleu ! vous avez l'air d'un larbin. »

La porte s'ouvrit brutalement ; une femme parut, les yeux brillants, et demeura debout sur le seuil.

Romantin la considérait avec une épouvante dans le regard.

Elle attendit quelques secondes, croisa les bras sur sa poitrine ; puis d'une voix aiguë, vibrante, exaspérée :

« Ah ! sale mufle, c'est comme ça que tu me lâches ? »

Romantin ne répondit pas. Elle reprit :

«Ah! gredin. Tu faisais le gentil encore en m'envoyant à la campagne. Tu vas voir un peu comme je vais l'arranger ta fête. Oui, c'est moi qui vais les recevoir, tes amis...»

Elle s'animait:

«Je vais leur en flanquer par la figure des bouteilles et des bougies...»

Romantin prononça d'une voix douce:

«Mathilde...»

Mais elle ne l'écoutait pas. Elle continuait:

«Attends un peu, mon gaillard, attends un peu!»

Romantin s'approcha, essayant de lui prendre les mains:

«Mathilde...»

Mais elle était lancée, maintenant; elle allait, elle allait vidant sa hotte aux gros mots et son sac aux reproches. Cela coulait de sa bouche comme un ruisseau qui roule des ordures. Les paroles précipitées semblaient se battre pour sortir. Elle bredouillait, bégayait, bafouillait, retrouvant soudain de la voix pour jeter une injure, un juron.

Il lui avait saisi les mains, sans qu'elle s'en aperçût; elle ne semblait même pas le voir, tout occupée à parler, à soulager son cœur. Et soudain elle pleura. Les larmes lui coulaient des yeux sans qu'elle arrêtât le flux de ses plaintes. Mais les mots avaient pris des intonations criardes et fausses, des notes mouillées. Puis des sanglots l'interrompaient. Elle reprit encore deux ou trois fois, arrêtée soudain par un étranglement, et enfin se tut, dans un débordement de larmes.

Alors il la serra dans ses bras, lui baisant les cheveux, attendri lui-même.

« Mathilde, ma petite Mathilde, écoute. Tu vas être bien raisonnable. Tu sais, si je donne une fête, c'est pour remercier ces messieurs pour ma médaille du Salon. Je ne peux pas recevoir de femmes. Tu devrais comprendre ça. Avec les artistes, ça n'est pas comme avec tout le monde. »

Elle balbutia dans ses pleurs :

« Pourquoi ne me l'as-tu pas dit ? »

Il reprit :

« C'était pour ne point te fâcher, ne point te faire de peine. Écoute, je vais te reconduire chez toi. Tu seras bien sage, bien gentille, tu resteras tranquillement à m'attendre dans le dodo et je reviendrai sitôt que ce sera fini. »

Elle murmura :

« Oui, mais tu ne recommenceras pas ?

— Non, je te le jure. »

Il se tourna vers M. Saval, qui venait d'accrocher enfin le lustre :

« Mon cher ami, je reviens dans cinq minutes. Si quelqu'un arrivait en mon absence, faites les honneurs pour moi, n'est-ce pas ? »

Et il entraîna Mathilde, qui s'essuyait les yeux et se mouchait coup sur coup.

Resté seul, M. Saval acheva de mettre de l'ordre autour de lui. Puis il alluma les bougies et attendit.

Il attendit un quart d'heure, une demi-heure, une heure. Romantin ne revenait pas. Puis, tout à coup, ce fut dans l'escalier un bruit effroyable, une chanson hurlée en chœur par vingt bouches, et un pas rythmé comme celui d'un régiment prussien. Les secousses régulières des pieds ébranlaient la maison tout entière. La porte s'ouvrit, une foule parut. Hommes et femmes à la file, se tenant par les bras, deux par deux, et tapant du talon en cadence, s'avancèrent dans l'atelier, comme un serpent qui se déroule. Ils hurlaient:

> *Entrez dans mon établissement,*
> *Bonnes d'enfants et soldats [1]!...*

M. Saval, éperdu, en grande tenue, restait debout sous le lustre. La procession l'aperçut et poussa un hurlement: «Un larbin! un larbin!» et se mit à tourner autour de lui, l'enfermant dans un cercle de vociférations. Puis on se prit par la main et on dansa une ronde affolée.

Il essayait de s'expliquer:

«Messieurs... messieurs... mesdames...»

Mais on ne l'écoutait pas. On tournait, on sautait, on braillait.

À la fin la danse s'arrêta.

M. Saval prononça:

«Messieurs...»

Un grand garçon, blond et barbu jusqu'au nez, lui coupa la parole:

«Comment vous appelez-vous, mon ami?»

Le notaire, effaré, prononça:

«Je suis M. Saval.»

Une voix cria:

«Tu veux dire Baptiste.»

Une femme dit:

«Laissez-le donc tranquille, ce garçon; il va se

fâcher à la fin. Il est payé pour nous servir et pas pour se faire moquer de lui. »

Alors M. Saval s'aperçut que chaque invité apportait ses provisions. L'un tenait une bouteille et l'autre un pâté. Celui-ci un pain, celui-là un jambon.

Le grand garçon blond lui mit dans les bras un saucisson démesuré et commanda :

« Tiens, va dresser le buffet dans le coin, là-bas. Tu mettras les bouteilles à gauche et les provisions à droite. »

Saval, perdant la tête, s'écria :

« Mais, messieurs, je suis un notaire ! »

Il y eut un instant de silence, puis un rire fou. Un monsieur soupçonneux demanda :

« Comment êtes-vous ici ? »

Il s'expliqua, raconta son projet d'écouter l'opéra, son départ de Vernon, son arrivée à Paris, toute sa soirée.

On s'était assis autour de lui pour l'écouter ; on lui lançait des mots ; on l'appelait Schéhérazade.

Romantin ne revenait pas. D'autres invités arrivaient. On leur présentait M. Saval pour qu'il recommençât son histoire. Il refusait, on le forçait à raconter ; on l'attacha sur une des trois chaises, entre deux femmes qui lui versaient sans cesse à boire. Il buvait, il riait, il parlait, il chantait aussi. Il voulut danser avec sa chaise, il tomba.

À partir de ce moment, il oublia tout. Il lui sembla pourtant qu'on le déshabillait, qu'on le couchait, et qu'il avait mal au cœur.

Il faisait grand jour quand il s'éveilla, étendu, au fond d'un placard dans un lit qu'il ne connaissait pas.

Une vieille femme, un balai à la main, le regardait d'un air furieux. À la fin, elle prononça :

« Salop, va ! Salop ! Si c'est permis de se soûler comme ça ! »

Il s'assit sur son séant, il se sentait mal à son aise. Il demanda :

« Où suis-je ?

— Où vous êtes, salop ? Vous êtes gris. Allez-vous bientôt décaniller, et plus vite que ça ! »

Il voulut se lever. Il était nu, dans ce lit. Ses habits avaient disparu. Il prononça :

« Madame, je... ! »

Puis il se souvint... Que faire ? Il demanda :

« M. Romantin n'est pas rentré ? »

La concierge vociféra :

« Voulez-vous bien décaniller, qu'il ne vous trouve pas ici, au moins ! »

M. Saval confus déclara :

« Je n'ai plus mes habits. On me les a pris. »

Il dut attendre, expliquer son cas, prévenir des amis, emprunter de l'argent pour se vêtir. Il ne repartit que le soir.

Et quand on parle musique chez lui, dans son beau salon de Vernon, il déclare avec autorité que la peinture est un art fort inférieur.

Jadis [1]

Le château de style ancien est sur une colline
boisée; de grands arbres l'entourent d'une verdure sombre; et le parc infini étend ses perspectives tantôt sur des profondeurs de forêt, tantôt
sur les pays environnants. À quelques mètres de
la façade se creuse un bassin de pierre où se baignent des dames de marbre; d'autres bassins
étagés se succèdent jusqu'au pied du coteau, et
une source emprisonnée roule ses cascades de
l'un à l'autre.

Du manoir qui fait des grâces comme une
coquette surannée, jusqu'aux grottes incrustées
de coquillages, et où sommeillent des amours
d'un autre siècle, tout, en ce domaine antique, a
gardé sa physionomie des vieux âges; tout semble
parler encore des coutumes anciennes, des mœurs
d'autrefois, des galanteries passées, et des élégances légères où s'exerçaient nos aïeules [2].

Dans un petit salon Louis XV, dont les murs
sont couverts de bergers marivaudant avec des
bergères, de belles dames à paniers et de messieurs galants et frisés, une toute vieille femme [3]
qui semble morte aussitôt qu'elle ne remue plus

est presque couchée dans un grand fauteuil et laisse pendre de chaque côté ses mains osseuses de momie.

Son regard voilé se perd au loin par la campagne, comme pour suivre à travers le parc des visions de sa jeunesse. Un souffle d'air parfois arrive par la fenêtre ouverte, apporte des senteurs d'herbes et des parfums de fleurs. Il fait voltiger ses cheveux blancs autour de son front ridé et les souvenirs vieux dans sa pensée.

À ses côtés, sur un tabouret de tapisserie, une jeune fille aux longs cheveux blonds tressés sur le dos brode un ornement d'autel. Elle a des yeux rêveurs, et, pendant que travaillent ses doigts agiles, on voit qu'elle songe.

Mais l'aïeule a tourné la tête.

«Berthe, dit-elle, lis-moi un peu les gazettes, afin que je sache encore quelquefois ce qui se passe en ce monde.»

La jeune fille prit un journal et le parcourut du regard.

«Il y a beaucoup de politique, grand-mère, faut-il passer?

— Oui, oui, mignonne. N'y a-t-il pas d'histoires d'amour? La galanterie est donc morte en France qu'on ne parle plus d'enlèvements ni d'aventures comme autrefois.»

La jeune fille chercha longtemps.

«Voilà, dit-elle. C'est intitulé: "Drame d'amour."»

La vieille femme sourit dans ses rides.

«Lis-moi cela», dit-elle.

Et Berthe commença. C'était une histoire de vitriol[1]. Une femme, pour se venger d'une maîtresse de son mari, lui avait brûlé le visage et les yeux. Elle était sortie des Assises acquittée, innocentée, aux applaudissements de la foule.

L'aïeule s'agitait sur son siège et répétait:

«C'est affreux, mais c'est affreux cela! Trouve-moi donc autre chose, mignonne.»

Berthe chercha; et, plus loin, toujours aux tribunaux, se mit à lire: «Sombre drame.» Une demoiselle de magasin, déjà mûre, s'était laissé choir entre les bras d'un jeune homme; puis, pour se venger de son amant, dont le cœur était volage, elle lui avait tiré un coup de revolver. Le malheureux resterait estropié. Les jurés, gens moraux, prenant parti pour l'amour illégitime de la meurtrière, l'avaient acquittée honorablement.

Cette fois, la vieille grand-mère se révolta tout à fait, et, la voix tremblante:

«Mais vous êtes donc fous aujourd'hui? Vous êtes fous! Le Bon Dieu vous a donné l'amour, la seule séduction de la vie; l'homme y a joint la galanterie, la seule distraction de nos heures, et voilà que vous y mêlez du vitriol et du revolver, comme on mettrait de la boue dans un flacon de vin d'Espagne[1].»

Berthe ne paraissait pas comprendre l'indignation de son aïeule.

«Mais, grand-mère, cette femme s'est vengée. Songe donc, elle était mariée, et son mari la trompait.»

La grand-mère eut un soubresaut.

«Quelles idées vous donne-t-on, à vous autres jeunes filles, aujourd'hui?»

Berthe répondit:

«Mais le mariage c'est sacré, grand-mère!»

L'aïeule tressaillit en son cœur de femme née encore au grand siècle galant.

« C'est l'amour qui est sacré, dit-elle. Écoute, fillette, une vieille qui a vu trois générations et qui en sait long, bien long sur les hommes et sur les femmes. Le mariage et l'amour n'ont rien à voir ensemble. On se marie pour fonder une famille, et on forme des familles pour constituer la société. La société ne peut pas se passer du mariage. Si la société est une chaîne, chaque famille en est un anneau. Pour souder ces anneaux-là on cherche toujours les métaux pareils. Quand on se marie il faut unir les convenances, combiner les fortunes, joindre les races semblables, travailler pour l'intérêt commun qui est la richesse et les enfants. On ne se marie qu'une fois, fillette, parce que le monde l'exige, mais on peut aimer vingt fois dans sa vie, parce que la nature nous a faits ainsi. Le mariage, c'est une loi, vois-tu, et l'amour c'est un instinct qui nous pousse tantôt à droite, tantôt à gauche. On a fait des lois qui combattent nos instincts, il le fallait ; mais les instincts toujours sont les plus forts, et on ne devrait pas trop leur résister, puisqu'ils viennent de Dieu tandis que les lois ne viennent que des hommes.

» Si on ne parfumait pas la vie avec de l'amour, le plus d'amour possible, mignonne, comme on met du sucre dans les drogues pour les enfants, personne ne voudrait la prendre telle qu'elle est. »

Berthe, effarée, ouvrait ses grands yeux. Elle murmura :

«Oh! grand-mère, grand-mère, on ne peut aimer qu'une fois.»

L'aïeule leva vers le ciel ses mains tremblantes, comme pour invoquer encore le Dieu défunt des galanteries. Elle s'écria indignée:

«Vous êtes devenus une race de vilains[1], une race du commun. Depuis la Révolution le monde n'est plus reconnaissable[a]. Vous avez mis des grands mots dans toutes les actions, et des devoirs ennuyeux à tous les coins de l'existence; vous croyez à l'égalité et à la passion éternelle. Des gens ont fait des vers pour vous dire qu'on mourait d'amour. De mon temps on faisait des vers pour apprendre aux hommes à aimer toutes les femmes. Et nous!... Quand un gentilhomme nous plaisait, fillette, on lui envoyait un page. Et quand il nous venait au cœur un nouveau caprice, on avait vite fait de congédier le dernier amant... à moins qu'on ne les gardât tous les deux[2]...»

La vieille souriait d'un sourire pointu: et dans son œil gris une malice brillait, la malice spirituelle et sceptique de ces gens qui ne se croyaient point de la même pâte que les autres et qui vivaient en maîtres, pour qui ne sont point faites les croyances communes.

La jeune fille, toute pâle, balbutia:

«Alors les femmes n'avaient pas d'honneur.»

La grand-mère cessa de sourire. Si elle avait gardé dans l'âme quelque chose de l'ironie de Voltaire, elle avait aussi un peu de la philosophie enflammée de Jean-Jacques. «Pas d'honneur! parce qu'on aimait, qu'on osait le dire et même s'en vanter? Mais, fillette, si une de nous, parmi les plus grandes dames de France, était demeurée sans amant, toute la cour en aurait ri. Celles qui voulaient vivre autrement n'avaient qu'à entrer au couvent. Et vous vous imaginez peut-être que vos maris n'aimeront que vous dans toute leur vie. Comme si ça se pouvait, vraiment. Je te dis, moi, que le mariage est une chose nécessaire pour que la société vive, mais qu'il n'est pas dans la nature de notre race, entends-tu bien? Il n'y a dans la vie qu'une bonne chose, c'est l'amour.

» Et comme vous le comprenez mal, comme vous le gâtez, vous en faites quelque chose de solennel comme un sacrement, ou quelque chose qu'on achète comme une robe. »

La jeune fille prit en ses mains tremblantes les mains ridées de la vieille.

«Tais-toi, grand-mère, je t'en supplie.»

Et, à genoux, les larmes aux yeux, elle demandait au ciel une grande passion, une seule passion éternelle, selon le rêve des poètes modernes[1], tandis que l'aïeule, la baisant au front, toute pénétrée encore de cette charmante et saine raison dont les philosophes galants saupoudrèrent le dix-huitième siècle, murmurait:

«Prends garde, pauvre mignonne; si tu crois à des folies pareilles, tu seras bien malheureuse.»

Le Vengeur [1]

Quand M. Antoine Leuillet épousa Mme veuve
Mathilde Souris, il était amoureux d'elle depuis
bientôt dix ans.

M. Souris avait été son ami, son vieux camarade de collège. Leuillet l'aimait beaucoup, mais
le trouvait un peu godiche. Il disait souvent: «Ce
pauvre Souris n'a pas inventé la poudre.»

Quand Souris épousa Mlle Mathilde Duval,
Leuillet fut surpris et un peu vexé, car il avait
pour elle un léger béguin. C'était la fille d'une
voisine, ancienne mercière retirée avec une toute
petite fortune. Elle était jolie, fine, intelligente.
Elle prit Souris pour son argent.

Alors Leuillet eut d'autres espoirs. Il fit la cour
à la femme de son ami. Il était bien de sa personne, pas bête, riche aussi. Il se croyait sûr du
succès; il échoua. Alors il devint amoureux tout
à fait, un amoureux que son intimité avec le mari
rendait discret, timide, embarrassé. Mme Souris
crut qu'il ne pensait plus à elle avec des idées
entreprenantes et devint franchement son amie.
Cela dura neuf ans.

Or, un matin, un commissionnaire apporta à

Leuillet un mot éperdu de la pauvre femme. Souris venait de mourir subitement de la rupture d'un anévrisme.

Il eut une secousse épouvantable, car ils étaient du même âge, mais presque aussitôt une sensation de joie profonde, de soulagement infini, de délivrance qui pénétra le corps et l'âme. Mme Souris était libre.

Il sut montrer cependant l'air affligé qu'il fallait, il attendit le temps voulu, observa toutes les convenances. Au bout de quinze mois il épousa la veuve.

On jugea cet acte naturel et même généreux. C'était le fait d'un bon ami et d'un honnête homme.

Il fut heureux enfin, tout à fait heureux.

Ils vécurent dans la plus cordiale intimité, s'étant compris et appréciés du premier coup. Ils n'avaient rien de secret l'un pour l'autre et se racontaient leurs plus intimes pensées. Leuillet aimait sa femme maintenant d'un amour tranquille et confiant, il l'aimait comme une compagne tendre et dévouée qui est une égale et une confidente. Mais il lui restait à l'âme une singulière et inexplicable rancune contre feu Souris qui avait possédé cette femme le premier, qui avait eu la fleur de sa jeunesse et de son âme, qui l'avait même un peu dépoétisée. Le souvenir du mari mort gâtait la félicité du mari vivant ; et cette jalousie posthume harcelait maintenant jour et nuit le cœur de Leuillet.

Il en arrivait à parler sans cesse de Souris, à demander sur lui mille détails intimes et secrets, à vouloir tout connaître de ses habitudes et de sa personne. Et il le poursuivait de railleries jusqu'au fond de son tombeau, rappelant avec complaisance ses travers, insistant sur ses ridicules, appuyant sur ses défauts.

À tout moment il appelait sa femme, d'un bout à l'autre de la maison :

« Hé ! Mathilde ?

— Voilà, mon ami.

— Viens me dire un mot. »

Elle arrivait, toujours souriante, sachant bien qu'on allait parler de Souris et flattant cette manie inoffensive de son nouvel époux.

« Dis donc, te rappelles-tu un jour où Souris a voulu me démontrer comme quoi les petits hommes sont toujours plus aimés que les grands ? »

Et il se lançait en des réflexions désagréables pour le défunt qui était petit, et discrètement avantageuses pour lui, Leuillet, qui était grand.

Et Mme Leuillet lui laissait entendre qu'il avait bien raison, bien raison ; et elle riait de tout son cœur, se moquant doucement de l'ancien époux pour le plus grand plaisir du nouveau qui finissait toujours par ajouter :

« C'est égal, ce Souris, quel godiche. »

Ils étaient heureux, tout à fait heureux. Et Leuillet ne cessait de prouver à sa femme son amour inapaisé par toutes les manifestations d'usage.

Or, une nuit, comme ils ne parvenaient point à s'endormir, émus tous deux par un regain de jeunesse, Leuillet, qui tenait sa compagne étroitement serrée en ses bras et qui l'embrassait à pleines lèvres, lui demanda tout à coup :

«Dis donc, chérie.

— Hein?

— Souris... c'est difficile ce que je vais te demander — Souris était-il bien... bien amoureux?»

Elle lui rendit un gros baiser, et murmura: «Pas tant que toi, mon chat.»

Il fut flatté dans son amour-propre d'homme et reprit: «Il devait être... godiche... dis?»

Elle ne répondit pas. Elle eut seulement un petit rire de malice en cachant sa figure dans le cou de son mari.

Il demanda: «Il devait être très godiche, et pas... pas... comment dirais-je... pas habile?»

Elle fit de la tête un léger mouvement qui signifiait: «Non... pas habile du tout.»

Il reprit: «Il devait bien t'ennuyer, la nuit, hein?»

Elle eut, cette fois, un accès de franchise en répondant: «Oh! oui!»

Il l'embrassa de nouveau pour cette parole et murmura: «Quelle brute c'était! Tu n'étais pas heureuse avec lui?»

Elle répondit: «Non. Ça n'était pas gai tous les jours.»

Leuillet se sentit enchanté, établissant en son esprit une comparaison toute à son avantage entre l'ancienne situation de sa femme et la nouvelle.

Il demeura quelque temps sans parler, puis il eut une secousse de gaieté, et demanda:

«Dis donc?

— Quoi?

— Veux-tu être bien franche, bien franche avec moi?

— Mais oui, mon ami.

— Eh bien, là, vrai, est-ce que tu n'as jamais eu la tentation de le… de le… de le tromper, cet imbécile de Souris?»

Mme Leuillet fit un petit «Oh!» de pudeur et se cacha encore plus étroitement dans la poitrine de son mari. Mais il s'aperçut qu'elle riait.

Il insista: «Là, vraiment, avoue-le? Il avait si bien une tête de cocu, cet animal-là! Ce serait si drôle, si drôle! Ce bon Souris. Voyons, voyons, ma chérie, tu peux bien me dire ça, à moi, à moi, surtout.»

Il insistait sur «à moi», pensant bien que si elle avait eu quelque goût pour tromper Souris, c'est avec lui, Leuillet, qu'elle l'aurait fait; et il frémissait de plaisir dans l'attente de cet aveu, sûr que, si elle n'avait pas été la femme vertueuse qu'elle était, il l'aurait obtenue alors.

Mais elle ne répondait pas, riant toujours comme au souvenir d'une chose infiniment comique.

Leuillet, à son tour, se mit à rire à cette pensée qu'il aurait pu faire Souris cocu! Quel bon tour! Quelle belle farce! Ah, oui, la bonne farce, vraiment!

Il balbutiait, tout secoué par sa joie: «Ce pauvre Souris, ce pauvre Souris, ah, oui, il en avait la tête; ah, oui, ah, oui!»

Mme Leuillet maintenant se tordait sous les draps, riant à pleurer, poussant presque des cris.

Et Leuillet répétait: «Allons, avoue-le, avoue-le. Sois franche. Tu comprends bien que ça ne peut pas m'être désagréable, à moi.»

Alors elle balbutia, en étouffant : « Oui, oui. »

Son mari insistait : « Oui, quoi ? voyons, dis tout. »

Elle ne rit plus que d'une façon discrète et, haussant la bouche jusqu'aux oreilles de Leuillet qui s'attendait à une agréable confidence, elle murmura : « Oui... je l'ai trompé. »

Il sentit un frisson de glace qui lui courut jusque dans les os, et bredouilla, éperdu : « Tu... tu... l'as... trompé... tout à fait ? »

Elle crut encore qu'il trouvait la chose infiniment plaisante et répondit : « Oui... tout à fait... tout à fait. »

Il fut obligé de s'asseoir dans le lit tant il se sentit saisi, la respiration coupée, bouleversé comme s'il venait d'apprendre qu'il était lui-même cocu.

Il ne dit rien d'abord ; puis, au bout de quelques secondes, il prononça simplement : « Ah ! »

Elle avait aussi cessé de rire, comprenant trop tard sa faute.

Leuillet, enfin, demanda : « Et avec qui ? »

Elle demeura muette, cherchant une argumentation.

Il reprit : « Avec qui ? »

Elle dit enfin : « Avec un jeune homme. »

Il se tourna vers elle brusquement, et, d'une voix sèche : « Je pense bien que ce n'est pas avec une cuisinière. Je te demande quel jeune homme, entends-tu ? »

Elle ne répondit rien. Il saisit le drap dont elle se couvrait la tête et le rejeta au milieu du lit, répétant :

« Je veux savoir avec quel jeune homme, entends-tu ? »

Alors elle prononça péniblement : «Je voulais rire.»

Mais il frémissait de colère : «Quoi? Comment? Tu voulais rire? Tu te moquais de moi, alors? Mais je ne me paye pas de ces défaites-là, entends-tu? Je te demande le nom du jeune homme?»

Elle ne répondit pas, demeurant sur le dos, immobile.

Il lui prit le bras qu'il serra vivement : «M'entends-tu, à la fin? Je prétends que tu me répondes quand je te parle.»

Alors elle prononça nerveusement : «Je crois que tu deviens fou, laisse-moi tranquille!»

Il tremblait de fureur, ne sachant plus que dire, exaspéré, et il la secouait de toute sa force, répétant : «M'entends-tu? m'entends-tu?»

Elle fit pour se dégager un geste brusque, et du bout des doigts atteignit le nez de son mari. Il eut une rage, se croyant frappé, et d'un élan il se rua sur elle.

Il la tenait maintenant sous lui, la giflant de toute sa force et criant : «Tiens, tiens, tiens, voilà, voilà, gueuse, catin! catin!»

Puis quand il fut essoufflé, à bout d'énergie, il se leva, et se dirigea vers la commode pour se préparer un verre d'eau sucrée à la fleur d'oranger, car il se sentait brisé à défaillir.

Et elle pleurait au fond du lit, poussant de gros sanglots, sentant tout son bonheur fini, par sa faute.

Alors, au milieu des larmes, elle balbutia : «Écoute, Antoine, viens ici, je t'ai menti, tu vas comprendre, écoute.»

Et, prête à la défense maintenant, armée de

raisons et de ruses, elle souleva un peu sa tête ébouriffée dans son bonnet chaviré.

Et lui, se tournant vers elle, s'approcha, honteux d'avoir frappé, mais sentant vivre au fond de son cœur de mari une haine inépuisable contre cette femme qui avait trompé l'autre, Souris.

L'Attente [1]

On causait, entre hommes, après dîner, dans le fumoir. On parlait de successions inattendues, d'héritages bizarres. Alors M[e] Le Brument, qu'on appelait tantôt l'illustre maître, tantôt l'illustre avocat, vint s'adosser à la cheminée.

«J'ai, dit-il, à rechercher en ce moment un héritier disparu dans des circonstances particulièrement terribles. C'est là un de ces drames simples et féroces de la vie commune; une histoire qui peut arriver tous les jours, et qui est cependant une des plus épouvantables que je connaisse. La voici.»

*

Je fus appelé, voici à peu près six mois, auprès d'une mourante. Elle me dit:

«Monsieur, je voudrais vous charger de la mission la plus délicate, la plus difficile et la plus longue qui soit. Prenez, s'il vous plaît, connaissance de mon testament, là, sur cette table. Une somme de cinq mille francs vous est léguée, comme honoraires, si vous ne réussissez pas, et

de cent mille francs[1] si vous réussissez. Il faut
retrouver mon fils après ma mort.»

Elle me pria de l'aider à s'asseoir dans son lit,
pour parler plus facilement, car sa voix sacca-
dée, essoufflée, sifflait dans sa gorge.

Je me trouvais dans une maison fort riche. La
chambre luxueuse, d'un luxe simple, était capi-
tonnée avec des étoffes épaisses comme des murs,
si douces à l'œil qu'elles donnaient une sensation de caresse, si muettes que les paroles semblaient y entrer, y disparaître, y mourir.

L'agonisante reprit :

«Vous êtes le premier être à qui je vais dire
mon horrible histoire. Je tâcherai d'avoir la force
d'aller jusqu'au bout. Il faut que vous n'ignoriez
rien pour avoir, vous que je sais être un homme
de cœur en même temps qu'un homme du monde,
le désir sincère de m'aider de tout votre pouvoir.

» Écoutez-moi.

» Avant mon mariage, j'avais aimé un jeune
homme dont ma famille repoussa la demande,
parce qu'il n'était pas assez riche. J'épousai, peu
de temps après, un homme fort riche. Je l'épousai par ignorance, par crainte, par obéissance,
par nonchalance, comme épousent les jeunes
filles.

» J'en eus un enfant, un garçon. Mon mari
mourut au bout de quelques années.

» Celui que j'avais aimé s'était marié à son
tour. Quand il me vit veuve, il éprouva une horrible douleur de n'être plus libre. Il me vint voir,
il pleura et sanglota devant moi à me briser le
cœur. Il devint mon ami. J'aurais dû, peut-être,
ne le pas recevoir. Que voulez-vous ? j'étais seule,

si triste, si seule, si désespérée! Et je l'aimais encore. Comme on souffre, parfois!

» Je n'avais que lui au monde, mes parents étant morts aussi. Il venait souvent; il passait des soirs entiers auprès de moi. Je n'aurais pas dû le laisser venir si souvent, puisqu'il était marié. Mais je n'avais pas la force de l'en empêcher.

» Que vous dirai-je?... il devint mon amant! Comment cela s'est-il fait? Est-ce que je le sais? Est-ce qu'on sait! Croyez-vous qu'il puisse en être autrement quand deux créatures humaines sont poussées l'une vers l'autre par cette force irrésistible de l'amour partagé? Croyez-vous, monsieur, qu'on puisse toujours résister, toujours lutter, toujours refuser ce que demande avec des prières, des agenouillements, des emportements de passion, l'homme qu'on adore, qu'on voudrait voir heureux en ses moindres désirs, qu'on voudrait accabler de toutes les joies possibles et qu'on désespère, pour obéir à l'honneur du monde? Quelle force il faudrait, quel renoncement au bonheur, quelle abnégation, et même quel égoïsme d'honnêteté, n'est-il pas vrai?

» Enfin, monsieur, je fus sa maîtresse; et je fus heureuse. Pendant douze ans, je fus heureuse. J'étais devenue, et c'est là ma plus grande faiblesse et ma grande lâcheté, j'étais devenue l'amie de sa femme.

» Nous élevions mon fils ensemble, nous en faisions un homme, un homme véritable, intelligent, plein de sens et de volonté, d'idées généreuses et larges. L'enfant atteignit dix-sept ans.

» Lui, le jeune homme, aimait mon... mon amant presque autant que je l'aimais moi-même, car il avait été également chéri et soigné par nous deux. Il l'appelait: "Bon ami[1]" et le respectait infiniment, n'ayant jamais reçu de lui que des enseignements sages et des exemples de droiture, d'honneur et de probité. Il le considérait comme un vieux, loyal et dévoué camarade de sa mère, comme une sorte de père moral, de tuteur, de protecteur, que sais-je?

» Peut-être ne s'était-il jamais rien demandé, accoutumé dès son plus jeune âge à voir cet homme dans la maison, près de moi, près de lui, occupé de nous sans cesse.

» Un soir, nous devions dîner tous les trois ensemble (c'étaient là mes plus grandes fêtes), et je les attendais tous les deux, me demandant lequel arriverait le premier. La porte s'ouvrit; c'était mon vieil ami. J'allai vers lui, les bras tendus; et il me mit sur les lèvres un long baiser de bonheur.

» Tout à coup un bruit, un frôlement, presque rien, cette sensation mystérieuse qui indique la présence d'une personne, nous fit tressaillir et nous retourner d'une secousse. Jean, mon fils, était là, debout, livide, nous regardant.

» Ce fut une seconde atroce d'affolement. Je reculai, tendant les mains vers mon enfant comme pour une prière. Je ne le vis plus. Il était parti.

» Nous sommes demeurés face à face, atterrés, incapables de parler. Je m'affaissai sur un fauteuil, et j'avais envie, une envie confuse et puissante de fuir, de m'en aller dans la nuit, de disparaître pour toujours. Puis des sanglots convulsifs m'emplirent la gorge, et je pleurai, secouée de spasmes, l'âme déchirée, tous les nerfs

tordus par cette horrible sensation d'un irrémédiable malheur, et par cette honte épouvantable
qui tombe sur le cœur d'une mère en ces
moments-là.

» Lui... restait effaré devant moi, n'osant ni
m'approcher, ni me parler, ni me toucher, de
peur que l'enfant ne revînt. Il dit enfin :

» "Je vais le chercher... lui dire... lui faire
comprendre... Enfin il faut que je le voie... qu'il
sache..."

» Et il sortit.

» J'attendis... j'attendis éperdue, tressaillant
aux moindres bruits, soulevée de peur, et je ne
sais de quelle émotion indicible et intolérable à
chacun des petits craquements du feu dans la
cheminée.

» J'attendis une heure, deux heures, sentant
grandir en mon cœur une épouvante inconnue,
une angoisse telle que je ne souhaiterais point au
plus criminel des hommes dix minutes de ces
moments-là. Où était mon enfant ? Que faisait-
il ?

» Vers minuit, un commissionnaire m'apporta
un billet de mon amant. Je le sais encore par
cœur.

» "Votre fils est-il rentré ? Je ne l'ai pas trouvé.
Je suis en bas. Je ne peux pas monter à cette
heure."

» J'écrivis, au crayon, sur le même papier :

» "Jean n'est pas revenu ; il faut que vous le
retrouviez."

» Et je passai toute la nuit sur mon fauteuil,
attendant.

» Je devenais folle. J'avais envie de hurler, de

courir, de me rouler par terre. Et je ne faisais pas un mouvement, attendant toujours. Qu'allait-il arriver? Je cherchais à le savoir, à le deviner. Mais je ne le prévoyais point, malgré mes efforts, malgré les tortures de mon âme!

» J'avais peur maintenant qu'ils ne se rencontrassent. Que feraient-ils? Que ferait l'enfant? Des doutes effrayants me déchiraient, des suppositions affreuses.

» Vous comprenez bien cela, n'est-ce pas, monsieur?

» Ma femme de chambre, qui ne savait rien, qui ne comprenait rien, venait sans cesse, me croyant folle sans doute. Je la renvoyais d'une parole ou d'un geste. Elle alla chercher le médecin, qui me trouva tordue dans une crise de nerfs.

» On me mit au lit. J'eus une fièvre cérébrale.

» Quand je repris connaissance après une longue maladie, j'aperçus près de mon lit mon... amant... seul. Je criai: "Mon fils?... où est mon fils?" Il ne répondit pas. Je balbutiai:

» "Mort... mort... Il s'est tué?"

» Il répondit:

» "Non, non, je vous le jure. Mais nous ne l'avons pas pu rejoindre, malgré mes efforts."

» Alors, je prononçai, exaspérée soudain, indignée même, car on a de ces colères inexplicables et déraisonnables:

» "Je vous défends de revenir, de me revoir, si vous ne le retrouvez pas; allez-vous-en."

» Il sortit.

» Je ne les ai jamais revus ni l'un ni l'autre, monsieur, et je vis ainsi depuis vingt ans.

» Vous figurez-vous cela ? Comprenez-vous ce supplice monstrueux, ce lent et constant déchirement de mon cœur de mère, de mon cœur de femme, cette attente abominable et sans fin... sans fin !... — Non... — elle va finir... car je meurs. Je meurs sans les avoir revus... ni l'un... ni l'autre !

» Lui, mon ami, m'a écrit chaque jour depuis vingt ans ; et, moi, je n'ai jamais voulu le recevoir, même une seconde ; car il me semble que, s'il revenait ici, c'est juste à ce moment-là que je verrais reparaître mon fils ! — Mon fils ! — mon fils ! — Est-il mort ? Est-il vivant ? Où se cache-t-il ? Là-bas, peut-être, derrière les grandes mers, dans un pays si lointain que je n'en sais même pas le nom ! Pense-t-il à moi ?... Oh ! s'il savait ! Que les enfants sont cruels ! A-t-il compris à quelle épouvantable souffrance il me condamnait ; dans quel désespoir, dans quelle torture il me jetait vivante, et jeune encore, pour jusqu'à mes derniers jours, moi sa mère, qui l'aimais de toute la violence de l'amour maternel. Que c'est cruel, dites ?

» Vous lui direz tout cela, monsieur. Vous lui répéterez mes dernières paroles :

» "Mon enfant, mon cher, cher enfant, sois moins dur pour les pauvres créatures. La vie est déjà assez brutale et féroce ! Mon cher enfant, songe à ce qu'a été l'existence de ta mère, de ta pauvre mère, à partir du jour où tu l'as quittée. Mon cher enfant, pardonne-lui, et aime-la, maintenant qu'elle est morte, car elle a subi la plus affreuse des pénitences." »

Elle haletait, frémissante, comme si elle eût

parlé à son fils, debout devant elle. Puis elle ajouta :

« Vous lui direz encore, monsieur, que je n'ai jamais revu... l'autre. »

Elle se tut encore, puis reprit d'une voix brisée :

« Laissez-moi maintenant, je vous prie. Je voudrais mourir seule, puisqu'ils ne sont point auprès de moi. »

*

Maître Le Brument ajouta :

« Et je suis sorti, messieurs, en pleurant comme une bête, si fort que mon cocher se retournait pour me regarder.

» Et dire que, tous les jours, il se passe autour de nous un tas de drames comme celui-là !

» Je n'ai pas retrouvé le fils... ce fils... Pensez-en ce que vous voudrez ; moi, je dis : ce fils... criminel. »

Première neige [1]

La longue promenade de la Croisette s'arrondit au bord de l'eau bleue. Là-bas, à droite, l'Esterel s'avance au loin dans la mer. Il barre la vue, fermant l'horizon par le joli décor méridional de ses sommets pointus, nombreux et bizarres.

À gauche les îles Sainte-Marguerite et Saint-Honorat, couchées dans l'eau, montrent leur dos, couvert de sapins.

Et tout le long du large golfe, tout le long des grandes montagnes assises autour de Cannes, le peuple blanc des villas semble endormi dans le soleil. On les voit au loin, les maisons claires, semées du haut en bas des monts, tachant de points de neige la verdure sombre [2].

Les plus proches de l'eau ouvrent leurs grilles sur la vaste promenade que viennent baigner les flots tranquilles. Il fait bon, il fait doux. C'est un tiède jour d'hiver où passe à peine un frisson de fraîcheur. Par-dessus les murs des jardins, on aperçoit les orangers et les citronniers pleins de fruits d'or. Des dames vont à pas lents sur le sable de l'avenue, suivies d'enfants qui roulent des cerceaux, ou causant avec des messieurs.

Une jeune femme vient de sortir de sa petite et coquette maison dont la porte est sur la Croisette. Elle s'arrête un instant à regarder les promeneurs, sourit et gagne, d'une allure accablée, un banc vide en face de la mer. Fatiguée d'avoir fait vingt pas, elle s'assied en haletant. Son pâle visage semble celui d'une morte[1]. Elle tousse, et porte à ses lèvres ses doigts transparents comme pour arrêter ces secousses qui l'épuisent.

Elle regarde le ciel plein de soleil et d'hirondelles, les sommets capricieux de l'Esterel là-bas, et, tout près, la mer si bleue, si tranquille, si belle.

Elle sourit encore, et murmure :

« Oh ! que je suis heureuse. »

Elle sait pourtant qu'elle va mourir, qu'elle ne verra point le printemps, que, dans un an, le long de la même promenade, ces mêmes gens qui passent devant elle viendront encore respirer l'air tiède de ce doux pays, avec leurs enfants un peu plus grands, avec le cœur toujours empli d'espoirs, de tendresses, de bonheur, tandis qu'au fond d'un cercueil de chêne la pauvre chair qui lui reste encore aujourd'hui sera tombée en pourriture, laissant ses os seulement couchés dans la robe de soie qu'elle a choisie pour linceul.

Elle ne sera plus. Toutes les choses de la vie continueront pour d'autres. Ce sera fini pour elle, fini pour toujours. Elle ne sera plus. Elle sourit, et respire tant qu'elle peut, de ses poumons malades, les souffles parfumés des jardins.

Et elle songe.

Elle se souvient. On l'a mariée, voici quatre ans, avec un gentilhomme normand. C'était un fort garçon barbu, coloré, large d'épaules, d'esprit court et de joyeuse humeur.

On les accoupla pour des raisons de fortune qu'elle ne connut point. Elle aurait volontiers dit «non». Elle fit «oui» d'un mouvement de tête, pour ne point contrarier père et mère. Elle était Parisienne, gaie, heureuse de vivre.

Son mari l'emmena en son château normand. C'était un vaste bâtiment de pierre entouré de grands arbres très vieux. Un haut massif de sapins arrêtait le regard en face. Sur la droite, une trouée donnait vue sur la plaine qui s'étalait, toute nue, jusqu'aux fermes lointaines. Un chemin de traverse passait devant la barrière et conduisait à la grand-route éloignée de trois kilomètres.

Oh! elle se rappelle tout: son arrivée, sa première journée en sa nouvelle demeure, et sa vie isolée ensuite.

Quand elle descendit de voiture, elle regarda le vieux bâtiment et déclara, en riant:

«Ça n'est pas gai!»

Son mari se mit à rire à son tour et répondit:

«Baste! on s'y fait. Tu verras. Je ne m'y ennuie jamais, moi.»

Ce jour-là, ils passèrent le temps à s'embrasser, et elle ne le trouva pas trop long. Le lendemain ils recommencèrent et toute la semaine, vraiment, fut mangée par les caresses.

Puis elle s'occupa d'organiser son intérieur. Cela dura bien un mois. Les jours passaient, l'un après l'autre, en des occupations insignifiantes et cependant absorbantes. Elle apprenait la valeur et l'importance des petites choses de la vie. Elle sut qu'on peut s'intéresser au prix des œufs qui coûtent quelques centimes de plus ou de moins suivant les saisons.

C'était l'été. Elle allait aux champs voir moissonner. La gaieté du soleil entretenait celle de son cœur.

L'automne vint. Son mari se mit à chasser. Il sortait le matin avec ses deux chiens Médor et Mirza. Elle restait seule alors, sans s'attrister d'ailleurs de l'absence d'Henry. Elle l'aimait bien, pourtant, mais il ne lui manquait pas. Quand il rentrait, les chiens surtout absorbaient sa tendresse. Elle les soignait chaque soir avec une affection de mère, les caressait sans fin, leur donnait mille petits noms charmants qu'elle n'eût point eu l'idée d'employer pour son mari.

Il lui racontait invariablement sa chasse. Il désignait les places où il avait rencontré les perdrix ; s'étonnait de n'avoir point trouvé de lièvre dans le trèfle de Joseph Ledentu, ou bien paraissait indigné du procédé de M. Lechapelier, du Havre, qui suivait sans cesse la lisière de ses terres pour tirer le gibier levé par lui, Henry de Parville.

Elle répondait :

« Oui, vraiment, ce n'est pas bien », en pensant à autre chose.

L'hiver vint, l'hiver normand, froid et pluvieux. Les interminables averses tombaient sur les ardoises du grand toit anguleux, dressé comme une lame vers le ciel. Les chemins semblaient des fleuves de boue ; la campagne, une plaine de boue ; et on n'entendait aucun bruit que celui de l'eau tombant ; on ne voyait aucun mouvement que le vol tourbillonnant des corbeaux qui se déroulait comme un nuage, s'abattait dans un champ, puis repartait.

Vers quatre heures, l'armée des bêtes sombres et volantes venait se percher dans les grands hêtres à gauche du château, en poussant des cris assourdissants. Pendant près d'une heure, ils voletaient de cime en cime, semblaient se battre, croassaient, mettaient dans le branchage grisâtre un mouvement noir.

Elle les regardait, chaque soir, le cœur serré, toute pénétrée par la lugubre mélancolie de la nuit tombant sur les terres désertes.

Puis elle sonnait pour qu'on apportât la lampe ; et elle se rapprochait du feu. Elle brûlait des monceaux de bois sans parvenir à échauffer les pièces immenses envahies par l'humidité. Et elle avait froid tout le jour, partout, au salon, aux repas, dans sa chambre. Elle avait froid, jusqu'aux os, lui semblait-il. Son mari ne rentrait que pour dîner, car il chassait sans cesse, ou bien s'occupait des semences, des labours, de toutes les choses de la campagne.

Il rentrait joyeux et crotté, se frottait les mains, déclarait :

« Quel fichu temps ! »

Ou bien :

« C'est bon d'avoir du feu ! »

Ou parfois il demandait :

« Qu'est-ce qu'on dit aujourd'hui ? Est-on contente ? »

Il était heureux, bien portant, sans désirs, ne

rêvant pas autre chose que cette vie simple, saine et tranquille.

Vers décembre, quand les neiges arrivèrent, elle souffrit tellement de l'air glacé du château, du vieux château qui semblait s'être refroidi avec les siècles, comme font les humains avec les ans, qu'elle demanda, un soir, à son mari :

« Dis donc, Henry, tu devrais bien faire mettre ici un calorifère[1] ; cela sécherait les murs. Je t'assure que je ne peux pas me réchauffer du matin au soir. »

Il demeura d'abord interdit à cette idée extravagante d'installer un calorifère en son manoir. Il lui eût semblé plus naturel de servir ses chiens dans de la vaisselle plate[2]. Puis il poussa, de toute la vigueur de sa poitrine, un rire énorme, en répétant :

« Un calorifère ici ! Un calorifère ici ! Ah ! ah ! ah ! quelle bonne farce ! »

Elle insistait :

« Je t'assure qu'on gèle, mon ami ; tu ne t'en aperçois pas, parce que tu es toujours en mouvement, mais on gèle. »

Il répondit, en riant toujours :

« Baste ! on s'y fait, et d'ailleurs c'est excellent pour la santé. Tu ne t'en porteras que mieux. Nous ne sommes pas des Parisiens, sacrebleu ! pour vivre dans les tisons. Et, d'ailleurs, voici le printemps tout à l'heure. »

Vers le commencement de janvier un grand malheur la frappa. Son père et sa mère moururent d'un accident de voiture. Elle vint à Paris

pour les funérailles. Et le chagrin occupa seul
son esprit pendant six mois environ.

La douceur des beaux jours finit par la réveiller,
et elle se laissa vivre dans un alanguissement
triste jusqu'à l'automne.

Quand revinrent les froids, elle envisagea, pour
la première fois, le sombre avenir. Que ferait-elle ?
Rien. Qu'arriverait-il désormais pour elle ? Rien.
Quelle attente, quelle espérance pouvaient rani-
mer son cœur ? Aucune. Un médecin, consulté,
avait déclaré qu'elle n'aurait jamais d'enfants.

Plus âpre, plus pénétrant encore que l'autre
année, le froid la faisait continuellement souffrir. Elle tendait aux grandes flammes ses mains
grelottantes. Le feu flamboyant lui brûlait le
visage ; mais des souffles glacés semblaient se
glisser dans son dos, pénétrer entre la chair et
les étoffes. Et elle frémissait de la tête aux pieds.
Des courants d'air innombrables paraissaient installés dans les appartements, des courants d'air
vivants, sournois, acharnés comme des ennemis.
Elle les rencontrait à tout instant ; ils lui souf-
flaient sans cesse, tantôt sur le visage, tantôt sur
les mains, tantôt sur le cou, leur haine perfide et
gelée.

Elle parla de nouveau d'un calorifère ; mais
son mari l'écouta comme si elle lui eût demandé
la lune. L'installation d'un appareil semblable à
Parville[1] lui paraissait aussi impossible que la
découverte de la pierre philosophale.

Ayant été à Rouen, un jour, pour affaire, il
rapporta à sa femme une mignonne chaufferette
de cuivre qu'il appelait en riant un « calorifère

portatif»; et il jugeait que cela suffirait désormais à l'empêcher d'avoir jamais froid.

Vers la fin de décembre, elle comprit qu'elle
ne pourrait vivre ainsi toujours, et elle demanda
timidement, un soir, en dînant :

«Dis donc, mon ami, est-ce que nous n'irons
point passer une semaine ou deux à Paris avant
le printemps ?»

Il fut stupéfait.

«À Paris ? à Paris ? Mais pour quoi faire ? Ah !
mais non, par exemple ! On est trop bien ici, chez
soi. Quelles drôles d'idées tu as par moments !»

Elle balbutia :

«Cela nous distrairait un peu.»

Il ne comprenait pas.

«Qu'est-ce qu'il te faut pour te distraire ? Des
théâtres, des soirées, des dîners en ville ? Tu savais
pourtant bien en venant ici que tu ne devais pas
t'attendre à des distractions de cette nature !»

Elle vit un reproche dans ces paroles et dans le
ton dont elles étaient dites. Elle se tut. Elle était
timide et douce, sans révoltes et sans volonté.

En janvier, les froids revinrent avec violence.
Puis la neige couvrit la terre.

Un soir, comme elle regardait le grand nuage
tournoyant des corbeaux se déployer autour des
arbres, elle se mit, malgré elle, à pleurer.

Son mari entrait. Il demanda tout surpris :

«Qu'est-ce que tu as donc ?»

Il était heureux, lui, tout à fait heureux, n'ayant
jamais rêvé une autre vie, d'autres plaisirs. Il
était né dans ce triste pays, il y avait grandi, il s'y
trouvait bien, chez lui, à son aise de corps et
d'esprit.

Il ne comprenait pas qu'on pût désirer des événements, avoir soif de joies changeantes ; il ne comprenait point qu'il ne semble pas naturel à certains êtres de demeurer aux mêmes lieux pendant les quatre saisons ; il semblait ne pas savoir que le printemps, que l'été, que l'automne, que l'hiver ont, pour des multitudes de personnes, des plaisirs nouveaux en des contrées nouvelles.

Elle ne pouvait rien répondre et s'essuyait vivement les yeux. Elle balbutia enfin, éperdue :

« J'ai... je... je suis un peu triste... je m'ennuie un peu... »

Mais une terreur la saisit d'avoir dit cela, et elle ajouta bien vite :

« Et puis... j'ai... j'ai un peu froid. »

À cette parole, il s'irrita :

« Ah ! oui... toujours ton idée de calorifère. Mais voyons, sacrebleu ! tu n'as seulement pas eu un rhume depuis que tu es ici. »

La nuit vint. Elle monta dans sa chambre, car elle avait exigé une chambre séparée. Elle se coucha. Même en son lit, elle avait froid. Elle pensait :

« Ce sera ainsi toujours, toujours, jusqu'à la mort. »

Et elle songeait à son mari. Comment avait-il pu lui dire cela :

« Tu n'as seulement pas eu un rhume depuis que tu es ici. »

Il fallait donc qu'elle fût malade, qu'elle toussât pour qu'il comprît qu'elle souffrait !

Et une indignation la saisit, une indignation exaspérée de faible, de timide.

Il fallait qu'elle toussât. Alors il aurait pitié d'elle, sans doute. Eh bien! elle tousserait; il l'entendrait tousser; il faudrait appeler le médecin; il verrait cela, son mari, il verrait!

Elle s'était levée nu-jambes, nu-pieds, et une idée enfantine la fit sourire:

«Je veux un calorifère, et je l'aurai. Je tousserai tant, qu'il faudra bien qu'il se décide à en installer un.»

Et elle s'assit presque nue, sur une chaise. Elle attendit une heure, deux heures. Elle grelottait, mais elle ne s'enrhumait pas. Alors elle se décida à employer les grands moyens.

Elle sortit de sa chambre sans bruit, descendit l'escalier, ouvrit la porte du jardin[1].

La terre, couverte de neige, semblait morte. Elle avança brusquement son pied nu et l'enfonça dans cette mousse légère et glacée. Une sensation de froid, douloureuse comme une blessure, lui monta jusqu'au cœur; cependant elle allongea l'autre jambe et se mit à descendre les marches lentement.

Puis elle s'avança à travers le gazon, se disant: «J'irai jusqu'aux sapins.»

Elle allait à petits pas, en haletant, suffoquée chaque fois qu'elle faisait pénétrer son pied nu dans la neige.

Elle toucha de la main le premier sapin comme pour bien se convaincre elle-même qu'elle avait accompli jusqu'au bout son projet; puis elle revint. Elle crut deux ou trois fois qu'elle allait tomber, tant elle se sentait engourdie et défaillante. Avant de rentrer toutefois, elle s'assit dans cette écume gelée, et même, elle en ramassa pour se frotter la poitrine.

Puis elle rentra et se coucha. Il lui sembla, au bout d'une heure, qu'elle avait une fourmilière dans la gorge. D'autres fourmis lui couraient le long des membres. Elle dormit cependant.

Le lendemain elle toussait, et elle ne put se lever.

Elle eut une fluxion de poitrine. Elle délira, et dans son délire elle demandait un calorifère. Le médecin exigea qu'on en installât un. Henry céda, mais avec une répugnance irritée.

Elle ne put guérir. Les poumons atteints profondément donnaient des inquiétudes pour sa vie.

«Si elle reste ici, elle n'ira pas jusqu'aux froids», dit le médecin.

On l'envoya dans le Midi.

Elle vint à Cannes, connut le soleil, aima la mer, respira l'air des orangers en fleur.

Puis elle retourna dans le Nord au printemps.

Mais elle vivait maintenant avec la peur de guérir, avec la peur des longs hivers de Normandie; et, sitôt qu'elle allait mieux, elle ouvrait, la nuit, sa fenêtre, en songeant aux doux rivages de la Méditerranée.

À présent, elle va mourir; elle le sait. Elle est heureuse.

Elle déploie un journal qu'elle n'avait point ouvert, et lit ce titre: «La première neige à Paris.»

Alors elle frissonne, et puis sourit. Elle regarde là-bas l'Esterel qui devient rose sous le soleil couchant; elle regarde le vaste ciel bleu, si bleu, la vaste mer bleue, si bleue, et se lève.

Et puis elle rentre, à pas lents, s'arrêtant seulement pour tousser, car elle est demeurée trop tard dehors, et elle a eu froid, un peu froid.

Elle trouve une lettre de son mari. Elle l'ouvre en souriant toujours et elle lit:

« Ma chère amie,

« J'espère que tu vas bien et que tu ne regrettes pas trop notre beau pays. Nous avons depuis quelques jours une bonne gelée qui annonce la neige. Moi, j'adore ce temps-là et tu comprends que je me garde bien d'allumer ton maudit calorifère... »

Elle cesse de lire, tout heureuse à cette idée qu'elle l'a eu, son calorifère. Sa main droite, qui tient la lettre, retombe lentement sur ses genoux, tandis qu'elle porte à sa bouche sa main gauche comme pour calmer la toux opiniâtre qui lui déchire la poitrine.

La Farce[1]
Mémoires d'un farceur

Nous vivons dans un siècle où les farceurs ont
des allures de croque-morts et se nomment :
politiciens. On ne fait plus chez nous la vraie
farce, la bonne farce, la farce joyeuse, saine et
simple de nos pères. Et, pourtant, quoi de plus
amusant et de plus drôle que la farce ? Quoi de
plus amusant que de mystifier des âmes crédules, que de bafouer des niais, de duper les plus
malins, de faire tomber les plus retors en des
pièges inoffensifs et comiques ? Quoi de plus délicieux que de se moquer des gens avec talent, de
les forcer à rire eux-mêmes de leur naïveté, ou
bien, quand ils se fâchent, de se venger par une
nouvelle farce ?

Oh ! j'en ai fait, j'en ai fait des farces, dans
mon existence. Et on m'en a fait aussi, morbleu !
et de bien bonnes. Oui, j'en ai fait, de désopilantes et de terribles. Une de mes victimes est
morte des suites[2]. Ce ne fut une perte pour personne. Je dirai cela un jour ; mais j'aurai grand
mal à le faire avec retenue, car ma farce n'était
pas convenable, mais pas du tout, pas du tout.
Elle eut lieu dans un petit village des environs de

Paris. Tous les témoins pleurent encore de rire à ce souvenir, bien que le mystifié en soit mort. Paix à son âme!

J'en veux aujourd'hui raconter deux, la dernière que j'ai subie et la première que j'ai infligée.

Commençons par la dernière, car je la trouve moins amusante, vu que j'en fus victime.

J'allais chasser, à l'automne, chez des amis, en un château de Picardie. Mes amis étaient des farceurs, bien entendu. Je ne veux pas connaître d'autres gens.

Quand j'arrivai on me fit une réception princière qui me mit en défiance. On tira des coups de fusil; on m'embrassa, on me cajola comme si on attendait de moi de grands plaisirs; je me dis: «Attention, vieux furet, on prépare quelque chose.»

Pendant le dîner la gaieté fut excessive, trop grande. Je pensais: «Voilà des gens qui s'amusent double, et sans raison apparente. Il faut qu'ils aient dans l'esprit l'attente de quelque bon tour. C'est à moi qu'on le destine assurément. Attention.»

Pendant toute la soirée on rit avec exagération. Je sentais dans l'air une farce, comme le chien sent le gibier. Mais quoi? J'étais en éveil, en inquiétude. Je ne laissais passer ni un mot, ni une intention, ni un geste. Tout me semblait suspect, jusqu'à la figure des domestiques.

L'heure de se coucher sonna, et voilà qu'on se mit à me reconduire à ma chambre en procession. Pourquoi? On me cria bonsoir. J'entrai, je fermai ma porte, et je demeurai debout, sans faire un pas, ma bougie à la main.

J'entendais rire et chuchoter dans le corridor. On m'épiait sans doute. Et j'inspectais de l'œil les murs, les meubles, le plafond, les tentures, le parquet. Je n'aperçus rien de suspect. J'entendis marcher derrière ma porte. On venait assurément regarder à la serrure.

Une idée me vint: «Ma lumière va peut-être s'éteindre tout à coup et me laisser dans l'obscurité.» Alors j'allumai toutes les bougies de la cheminée. Puis je regardai encore autour de moi sans rien découvrir. J'avançai à petits pas faisant le tour de l'appartement. — Rien. — J'inspectai tous les objets l'un après l'autre. — Rien. — Je m'approchai de la fenêtre. Les auvents, de gros auvents en bois plein, étaient demeurés ouverts. Je les fermai avec soin, puis je tirai les rideaux, d'énormes rideaux de velours, et je plaçai une chaise devant, afin de n'avoir rien à craindre du dehors.

Alors je m'assis avec précaution. Le fauteuil était solide. Je n'osais pas me coucher. Cependant le temps marchait. Et je finis par reconnaître que j'étais fort ridicule. Si on m'espionnait, comme je le supposais, on devait, en attendant le succès de la mystification préparée, rire énormément de ma terreur.

Je résolus donc de me coucher. Mais le lit m'était particulièrement suspect. Je tirai sur les rideaux. Ils semblaient tenir. Là était le danger pourtant. J'allais peut-être recevoir une douche glacée du ciel de lit, ou bien, à peine étendu, m'enfoncer sous terre avec mon sommier. Je cherchais en ma mémoire tous les souvenirs de

farces accomplies. Et je ne voulais pas être pris.
Ah! mais non! Ah! mais non!

Alors je m'avisai soudain d'une précaution que
je jugeai souveraine. Je saisis délicatement le
bord du matelas, et je le tirai vers moi avec douceur. Il vint, suivi du drap et des couvertures.
Je traînai tous ces objets au beau milieu de la
chambre, en face de la porte d'entrée. Je refis là
mon lit, le mieux que je pus, loin de la couche
suspecte et de l'alcôve inquiétante. Puis, j'étei-
gnis toutes les lumières, et je revins à tâtons me
glisser dans mes draps.

Je demeurai au moins encore une heure éveillé,
tressaillant au moindre bruit. Tout semblait calme
dans le château. Je m'endormis.

J'ai dû dormir longtemps, et d'un profond sommeil; mais soudain je fus éveillé en sursaut par la
chute d'un corps pesant abattu sur le mien; et, en
même temps, je reçus sur la figure, sur le cou, sur
la poitrine un liquide brûlant qui me fit pousser
un hurlement de douleur. Et un bruit épouvantable comme si un buffet chargé de vaisselle se
fût écroulé m'entra dans les oreilles.

J'étouffais sous la masse tombée sur moi, et qui
ne remuait plus. Je tendis les mains, cherchant à
reconnaître la nature de cet objet. Je rencontrai
une figure, un nez, des favoris. Alors, de toute ma
force, je lançai un coup de poing dans ce visage.
Mais je reçus immédiatement une grêle de gifles
qui me firent sortir, d'un bond, de mes draps
trempés, et me sauver, en chemise, dans le corridor, dont j'apercevais la porte ouverte.

Ô stupeur! il faisait grand jour. On accourut
au bruit et on trouva, étendu sur mon lit, le valet

de chambre éperdu qui, m'apportant le thé du matin, avait rencontré sur sa route ma couche improvisée, et m'était tombé sur le ventre en me versant, bien malgré lui, mon déjeuner sur la figure.

Les précautions prises de bien fermer les auvents et de me coucher au milieu de ma chambre m'avaient seules fait la farce redoutée.

Ah! on a ri, ce jour-là!

L'autre farce que je veux dire date de ma première jeunesse. J'avais quinze ans, et je venais passer chaque vacance chez mes parents, toujours dans un château, toujours en Picardie.

Nous avions souvent en visite une vieille dame d'Amiens, insupportable, prêcheuse, hargneuse, grondeuse, mauvaise et vindicative. Elle m'avait pris en haine, je ne sais pourquoi, et elle ne cessait de rapporter contre moi, tournant en mal mes moindres paroles et mes moindres actions. Oh! la vieille chipie!

Elle s'appelait Mme Dufour, portait une perruque du plus beau noir, bien qu'elle fût âgée d'au moins soixante ans, et posait là-dessus des petits bonnets ridicules à rubans roses. On la respectait parce qu'elle était riche. Moi, je la détestais du fond du cœur et je résolus de me venger de ses mauvais procédés.

Je venais de terminer ma classe de seconde et j'avais été frappé particulièrement, dans les cours de chimie, par les propriétés d'un corps qui s'appelle le phosphure de chaux[1], et qui, jeté dans l'eau, s'enflamme, détone et dégage des couronnes de vapeur blanche d'une odeur infecte. J'avais chipé, pour m'amuser pendant les vacances, quelques poignées de cette matière assez semblable à l'œil à ce qu'on nomme communément du cristau.

J'avais un cousin du même âge que moi[1]. Je lui communiquai mon projet. Il fut effrayé de mon audace.

Donc, un soir, pendant que toute la famille se tenait encore au salon, je pénétrai furtivement dans la chambre de Mme Dufour, et je m'emparai (pardon, mesdames) d'un récipient de forme ronde qu'on cache ordinairement non loin de la tête du lit. Je m'assurai qu'il était parfaitement sec et je déposai dans le fond une poignée, une grosse poignée, de phosphure de chaux.

Puis j'allai me cacher dans le grenier, attendant l'heure. Bientôt un bruit de voix et de pas m'annonça qu'on montait dans les appartements ; puis le silence se fit. Alors, je descendis nu-pieds, retenant mon souffle, et j'allais placer mon œil à la serrure de mon ennemie.

Elle rangeait avec soin ses petites affaires. Puis elle ôta peu à peu ses hardes, endossa un grand peignoir blanc qui semblait collé sur ses os. Elle prit un verre, l'emplit d'eau, et enfonçant une main dans sa bouche comme si elle eût voulu s'arracher la langue, elle en fit sortir quelque chose de rose et de blanc, qu'elle déposa aussitôt dans l'eau. J'eus peur comme si je venais d'assister à quelque mystère honteux et terrible. Ce n'était que son râtelier.

Puis elle enleva sa perruque brune et apparut avec un petit crâne poudré de quelques cheveux blancs, si comique que je faillis, cette fois, éclater de rire derrière ma porte. Puis elle fit sa prière, se releva, s'approcha de mon instrument de vengeance, le déposa par terre au milieu de la chambre, et, se baissant, le recouvrit entièrement de son peignoir.

J'attendais, le cœur palpitant. Elle était tranquille, contente, heureuse. J'attendais... heureux aussi, moi, comme on l'est quand on se venge.

J'entendis d'abord un très léger bruit, un clapotement, puis aussitôt une série de détonations sourdes comme une fusillade lointaine.

Il se passa, en une seconde, sur le visage de Mme Dufour, quelque chose d'affreux et de surprenant. Ses yeux s'ouvrirent, se fermèrent, se rouvrirent, puis elle se leva tout à coup avec une souplesse dont je ne l'aurais pas crue capable, et elle regarda...

L'objet blanc crépitait, détonait, plein de flammes rapides et flottantes comme le feu grégeois des anciens. Et une fumée épaisse s'en élevait, montant vers le plafond, une fumée mystérieuse, effrayante comme un sortilège.

Que dut-elle penser, la pauvre femme? Crut-elle à une ruse du Diable? À une maladie épouvantable? Crut-elle que ce feu, sorti d'elle, allait lui ronger les entrailles, jaillir comme d'une gueule de volcan ou la faire éclater comme un canon trop chargé?

Elle demeurait debout, folle d'épouvante, le regard tendu sur le phénomène. Puis tout à coup elle poussa un cri comme je n'en ai jamais entendu et s'abattit sur le dos.

Je me sauvai et je m'enfonçai dans mon lit et je fermai les yeux avec force comme pour me prouver à moi-même que je n'avais rien fait, rien vu, que je n'avais pas quitté ma chambre.

Je me disais : « Elle est morte ! Je l'ai tuée ! » Et j'écoutais anxieusement les rumeurs de la maison.

On allait ; on venait ; on parlait ; puis, j'entendis qu'on riait ; puis, je reçus une pluie de calottes envoyées par la main paternelle.

Le lendemain Mme Dufour était fort pâle. Elle buvait de l'eau à tout moment. Peut-être, malgré les assurances du médecin, essayait-elle d'éteindre l'incendie qu'elle croyait enfermé dans son flanc.

Depuis ce jour, quand on parle devant elle de maladie, elle pousse un profond soupir, et murmure : « Oh ! madame, si vous saviez ! Il y a des maladies si singulières… »

Elle n'en dit jamais davantage.

Lettre trouvée sur un noyé [1]

Vous me demandez, Madame, si je me moque de vous? Vous ne pouvez croire qu'un homme n'ait jamais été frappé par l'amour? Eh bien, non, je n'ai jamais aimé, jamais!

D'où vient cela? Je n'en sais rien. Jamais je ne me suis trouvé dans cette espèce d'ivresse du cœur qu'on nomme l'amour! Jamais je n'ai vécu dans ce rêve, dans cette exaltation, dans cette folie où nous jette l'image d'une femme. Je n'ai jamais été poursuivi, hanté, enfiévré, emparadisé par l'attente ou la possession d'un être devenu tout à coup pour moi plus désirable que tous les bonheurs, plus beau que toutes les créatures, plus important que tous les univers! Je n'ai jamais pleuré, je n'ai jamais souffert par aucune de vous. Je n'ai point passé les nuits, les yeux ouverts, en pensant à elle. Je ne connais pas les réveils qu'illuminent sa pensée et son souvenir. Je ne connais pas l'énervement affolant de l'espérance quand elle va venir, et la divine mélancolie du regret, quand elle s'est enfuie en laissant dans la chambre une odeur légère de violette et de chair.

Je n'ai jamais aimé[1].

Moi aussi je me suis demandé souvent pour-quoi cela. Et vraiment, je ne sais trop. J'ai trouvé des raisons cependant ; mais elles touchent à la métaphysique et vous ne les goûterez peut-être point.

Je crois que je juge trop les femmes pour subir beaucoup leur charme. Je vous demande pardon de cette parole. Je l'explique. Il y a, dans toute créature, l'être moral et l'être physique. Pour aimer, il me faudrait rencontrer entre ces deux êtres une harmonie que je n'ai jamais trouvée. Toujours l'un des deux l'emporte trop sur l'autre, tantôt le moral, tantôt le physique.

L'intelligence que nous avons le droit d'exiger d'une femme, pour l'aimer, n'a rien de l'intel-ligence virile. C'est plus et c'est moins. Il faut qu'une femme ait l'esprit ouvert, délicat, sen-sible, fin, impressionnable. Elle n'a besoin ni de puissance, ni d'initiative dans la pensée, mais il est nécessaire qu'elle ait de la bonté, de l'élé-gance, de la tendresse, de la coquetterie, et cette faculté d'assimilation qui la fait pareille, en peu de temps, à celui qui partage sa vie[2]. Sa plus grande qualité doit être le tact, ce sens subtil qui est pour l'esprit ce qu'est le toucher pour le corps, Il lui révèle mille choses menues, les contours, les angles et les formes dans l'ordre intellectuel.

Les jolies femmes, le plus souvent, n'ont point une intelligence en rapport avec leur personne. Or, le moindre défaut de concordance me frappe et me blesse du premier coup. Dans l'amitié, cela n'a point d'importance. L'amitié est un pacte, où l'on fait la part des défauts et des qualités. On

peut juger un ami et une amie, tenir compte de
ce qu'ils ont de bon, négliger ce qu'ils ont de mauvais et apprécier exactement leur valeur, tout en
s'abandonnant à une sympathie intime, profonde et charmante.

Pour aimer il faut être aveugle, se livrer entièrement, ne rien voir, ne rien raisonner, ne rien
comprendre. Il faut pouvoir adorer les faiblesses
autant que les beautés, renoncer à tout jugement, à toute réflexion, à toute perspicacité.

Je suis incapable de cet aveuglement, et rebelle
à la séduction irraisonnée.

Ce n'est pas tout. J'ai de l'harmonie une idée
tellement haute et subtile que rien, jamais, ne
réalisera mon idéal. Mais vous allez me traiter
de fou! Écoutez-moi. Une femme, à mon avis,
peut avoir une âme délicieuse et un corps charmant sans que ce corps et cette âme concordent
parfaitement ensemble. Je veux dire que les gens
qui ont le nez fait d'une certaine façon ne doivent pas penser d'une certaine manière. Les gras
n'ont pas le droit de se servir des mêmes mots et
des mêmes phrases que les maigres. Vous, qui
avez les yeux bleus, Madame, vous ne pouvez
pas envisager l'existence, juger les choses et les
événements comme si vous aviez les yeux noirs.
Les nuances de votre regard doivent correspondre
fatalement aux nuances de votre pensée. J'ai
pour sentir cela un flair de limier. Riez si vous
voulez. C'est ainsi.

J'ai cru aimer, pourtant, pendant une heure,
un jour. J'avais subi niaisement l'influence des
circonstances environnantes. Je m'étais laissé

séduire par le mirage d'une aurore. Voulez-vous que je vous raconte cette courte histoire?

J'avais rencontré, un soir, une jolie petite personne exaltée qui voulut, par une fantaisie poétique, passer une nuit avec moi, dans un bateau, sur une rivière. J'aurais préféré une chambre et un lit; j'acceptai cependant le fleuve et le canot.

C'était au mois de juin. Mon amie choisit une nuit de lune afin de pouvoir se mieux monter la tête.

Nous avons dîné dans une auberge, sur la rive, puis vers dix heures on s'embarqua. Je trouvais l'aventure fort bête, mais comme ma compagne me plaisait, je ne me fâchai pas trop. Je m'assis sur le banc, en face d'elle, je pris les rames et nous partîmes.

Je ne pouvais nier que le spectacle ne fût charmant. Nous suivions une île boisée, pleine de rossignols; et le courant nous emportait vite sur la rivière couverte de frissons d'argent. Les crapauds jetaient leur cri monotone et clair; les grenouilles s'égosillaient dans les herbes des bords, et le glissement de l'eau qui coule faisait autour de nous une sorte de bruit confus, presque insaisissable, inquiétant, et nous donnait une vague sensation de peur mystérieuse.

Le charme doux des nuits tièdes et des fleuves luisants sous la lune nous pénétrait. Il faisait bon vivre et flotter ainsi et rêver et sentir près de soi une jeune femme attendrie et belle.

J'étais un peu ému, un peu troublé, un peu grisé par la clarté pâle du soir et par la pensée de ma voisine.

«Asseyez-vous près de moi», dit-elle. J'obéis.
Elle reprit : «Dites-moi des vers.» Je trouvai que
c'était trop ; je refusai ; elle insista. Elle voulait
décidément le grand jeu, tout l'orchestre du sentiment, depuis la Lune jusqu'à la Rime[1]. Je finis
par céder et je lui récitai, par moquerie, une
délicieuse pièce de Louis Bouilhet, dont voici les
dernières strophes :

Je déteste surtout ce barde à l'œil humide
Qui regarde une étoile en murmurant un nom
Et pour qui la nature immense serait vide,
S'il ne portait en croupe ou Lisette ou Ninon.

Ces gens-là sont charmants qui se donnent la peine,
Afin qu'on s'intéresse à ce pauvre univers,
D'attacher les jupons aux arbres de la plaine
Et la cornette blanche au front des coteaux verts.

Certe ils n'ont pas compris les musiques divines,
Éternelle nature aux frémissantes voix,
Ceux qui ne vont pas seuls par les creuses ravines
Et rêvent d'une femme au bruit que font les bois[2].

Je m'attendais à des reproches. Pas du tout.
Elle murmura : «Comme c'est vrai.» Je demeurai stupéfait. Avait-elle compris ?
Notre barque, peu à peu, s'était approchée de
la berge et engagée sous un saule qui l'arrêta.
J'enlaçai la taille de ma compagne et, tout doucement, j'approchai mes lèvres de son cou. Mais
elle me repoussa d'un mouvement brusque et
irrité : «Finissez donc ! Êtes-vous grossier !»
J'essayais de l'attirer. Elle se débattit, saisit

l'arbre et faillit nous jeter à l'eau. Je jugeai pru-
dent de cesser mes poursuites. Elle dit : « Je vous
ferai plutôt chavirer. Je suis si bien. Je rêve.
C'est si bon. » Puis elle ajouta avec une malice
dans l'accent : « Avez-vous donc oublié déjà les
vers que vous venez de me réciter ? » — C'était
juste. Je me tus.

Elle reprit : « Allons, ramez. » Et je m'emparai
de nouveau des avirons.

Je commençais à trouver longue la nuit et ridicule mon attitude. Ma compagne me demanda :
« Voulez-vous me faire une promesse ?

— Oui… Laquelle ?

— Celle de demeurer tranquille, convenable
et discret si je vous permets…

— Quoi ? dites.

— Voilà. Je voudrais rester couchée sur le dos,
au fond de la barque, à côté de vous, en regardant les étoiles. »

Je m'écriai : « J'en suis. »

Elle reprit : « Vous ne me comprenez pas. Nous
allons nous étendre côte à côte. Mais je vous
défends de me toucher, de m'embrasser, enfin
de… de… me… caresser. »

Je promis. Elle annonça : « Si vous remuez, je
chavire. »

Et nous voici couchés côte à côte, les yeux
au ciel, allant au fil de l'eau. Les vagues mouvements du canot nous berçaient. Les légers bruits
de la nuit nous arrivaient maintenant plus dis-
tincts dans le fond de l'embarcation, nous faisaient parfois tressaillir. Et je sentais grandir en
moi une étrange et poignante émotion, un attendrissement infini, quelque chose comme un besoin

d'ouvrir mes bras pour étreindre et d'ouvrir mon cœur pour aimer, de me donner, de donner mes pensées, mon corps, ma vie, tout mon être à quelqu'un !

Ma compagne murmura, comme dans un songe : « Où sommes-nous ? Où allons-nous ? Il me semble que je quitte la terre ? Comme c'est doux ! Oh ! si vous m'aimiez... un peu ? ! ! »

Mon cœur se mit à battre. Je ne pus rien répondre ; il me sembla que je l'aimais. Je n'avais plus aucun désir violent. J'étais bien ainsi, à côté d'elle, et cela me suffisait.

Et nous sommes restés longtemps, longtemps sans bouger. Nous nous étions pris la main ; une force délicieuse nous immobilisait : une force inconnue, supérieure, une Alliance, chaste, intime, absolue de nos êtres voisins qui s'appartenaient, sans se toucher ! Qu'était cela ? Le sais-je ? L'amour, peut-être ?

Le jour naissait peu à peu. Il était trois heures du matin. Lentement une grande clarté envahissait le ciel. Le canot heurta quelque chose. Je me dressai. Nous avions abordé un petit îlot.

Mais je demeurai ravi, en extase. En face de nous toute l'étendue du firmament s'illuminait rouge, rose, violette, tachetée de nuages embrasés pareils à des fumées d'or. Le fleuve était de pourpre et trois maisons sur une côte semblaient brûler.

Je me penchai vers ma compagne. J'allais lui dire : « Regardez donc. » Mais je me tus, éperdu, et je ne vis plus qu'elle. Elle aussi était rose, d'un rose de chair sur qui aurait coulé un peu de la couleur du ciel. Ses cheveux étaient roses, ses yeux roses, ses dents roses, sa robe, ses dentelles, son sourire, tout était rose. Et je crus vraiment, tant je fus affolé, que j'avais l'aurore devant moi.

Elle se relevait tout doucement, me tendant ses lèvres ; et j'allais vers elle frémissant, délirant, sentant bien que j'allais baiser le ciel, baiser le bonheur, baiser le rêve devenu femme, baiser l'idéal descendu dans la chair humaine.

Elle me dit : « Vous avez une chenille dans les cheveux ! » C'était pour cela qu'elle souriait !

Il me sembla que je recevais un coup de massue sur la tête. Et je me sentis triste soudain comme si j'avais perdu tout espoir dans la vie.

C'est tout, Madame. C'est puéril, niais, stupide. Mais je crois depuis ce jour que je n'aimerai jamais. Pourtant... qui sait ?

. . . .

Le jeune homme sur qui cette lettre fut retrouvée a été repêché hier dans la Seine, entre Bougival et Marly. Un marinier obligeant, qui l'avait fouillé pour savoir son nom, apporta au journal ce papier[a] et le remit à

MAUFRIGNEUSE[1].

L'Horrible [1]

La nuit tiède descendait lentement.

Les femmes étaient restées dans le salon de la villa. Les hommes, assis ou à cheval sur les chaises du jardin, fumaient, devant la porte, en cercle autour d'une table ronde chargée de tasses et de petits verres.

Leurs cigares brillaient comme des yeux, dans l'ombre épaissie de minute en minute. On venait de raconter un affreux accident arrivé la veille : deux hommes et trois femmes noyés sous les yeux des invités, en face, dans la rivière.

Le général de G... prononça :

*

Oui, ces choses-là sont émouvantes, mais elles ne sont pas horribles.

L'horrible, ce vieux mot, veut dire beaucoup plus que terrible [2]. Un affreux accident comme celui-là émeut, bouleverse, effare : il n'affole pas. Pour qu'on éprouve l'horreur il faut plus que l'émotion de l'âme et plus que le spectacle d'un mort affreux, il faut, soit un frisson de mystère,

soit une sensation d'épouvante anormale, hors
nature. Un homme qui meurt, même dans les
conditions les plus dramatiques, ne fait pas horreur ; un champ de bataille n'est pas horrible ; le
sang n'est pas horrible ; les crimes les plus vils
sont rarement horribles.

Tenez, voici deux exemples personnels qui
m'ont fait comprendre ce qu'on peut entendre
par l'horreur.

C'était pendant la guerre de 1870[1]. Nous nous
retirions vers Pont-Audemer[2], après avoir traversé
Rouen. L'armée, vingt mille hommes environ,
vingt mille hommes de déroute, débandés, démoralisés, épuisés, allait se reformer au Havre.

La terre était couverte de neige. La nuit tombait. On n'avait rien mangé depuis la veille. On
fuyait vite, les Prussiens n'étant pas loin.

Toute la campagne normande, livide, tachée
par les ombres des arbres entourant les fermes,
s'étendait sous un ciel noir, lourd et sinistre.

On n'entendait rien autre chose dans la lueur
terne du crépuscule qu'un bruit confus, mou et
cependant démesuré de troupeau marchant, un
piétinement infini, mêlé d'un vague cliquetis de
gamelles ou de sabres. Les hommes, courbés,
voûtés, sales, souvent même haillonneux se traî-
naient, se hâtaient dans la neige, d'un long pas
éreinté.

La peau des mains collait à l'acier des crosses,
car il gelait affreusement cette nuit-là. Souvent
je voyais un petit moblot[3] ôter ses souliers pour
aller pieds nus, tant il souffrait dans sa chaus-
sure ; et il laissait dans chaque empreinte une
trace de sang. Puis au bout de quelque temps il

s'asseyait dans un champ pour se reposer quelques minutes, et il ne se relevait point. Chaque homme assis était un homme mort.

En avons-nous laissé derrière nous, de ces pauvres soldats épuisés, qui comptaient bien repartir tout à l'heure, dès qu'ils auraient un peu délassé leurs jambes roidies! Or, à peine avaient-ils cessé de se mouvoir, de faire circuler, dans leur chair gelée, leur sang presque inerte, qu'un engourdissement invincible les figeait, les clouait à terre, fermait leurs yeux, paralysait en une seconde cette mécanique humaine surmenée. Et ils s'affaissaient un peu, le front sur leurs genoux, sans tomber tout à fait pourtant, car leurs reins et leurs membres devenaient immobiles, durs comme du bois, impossibles à plier ou à redresser.

Et nous autres, plus robustes, nous allions toujours, glacés jusqu'aux moelles, avançant par une force de mouvement donné, dans cette nuit, dans cette neige, dans cette campagne froide et mortelle, écrasés par le chagrin, par la défaite, par le désespoir, surtout étreints par l'abominable sensation de l'abandon, de la fin, de la mort, du néant.

J'aperçus deux gendarmes qui tenaient par le bras un petit homme singulier, vieux, sans barbe, d'aspect vraiment surprenant.

Ils cherchaient un officier, croyant avoir pris un espion.

Le mot «espion» courut aussitôt parmi les traînards et on fit cercle autour du prisonnier. Une voix cria: «Faut le fusiller!» Et tous ces soldats qui tombaient d'accablement, ne tenant debout que parce qu'ils s'appuyaient sur leurs

fusils, eurent soudain ce frisson de colère furieuse
et bestiale qui pousse les foules au massacre.

Je voulus parler ; j'étais alors chef de bataillon ;
mais on ne reconnaissait plus les chefs, on m'aurait fusillé moi-même.

Un des gendarmes me dit :

« Voilà trois jours qu'il nous suit. Il demande à
tout le monde des renseignements sur l'artillerie. »

J'essayai d'interroger cet être :

« Que faites-vous ? Que voulez-vous ? Pourquoi
accompagnez-vous l'armée ? »

Il bredouilla quelques mots en un patois inintelligible.

C'était vraiment un étrange personnage, aux
épaules étroites, à l'œil sournois, et si troublé
devant moi que je ne doutais plus vraiment que
ce ne fût un espion. Il semblait fort âgé et faible.
Il me considérait en dessous, avec un air humble,
stupide et rusé.

Les hommes autour de nous criaient :

« Au mur ! au mur ! »

Je dis aux gendarmes :

« Vous répondez du prisonnier ?... »

Je n'avais point fini de parler qu'une poussée
terrible me renversa, et je vis, en une seconde,
l'homme saisi par les troupiers furieux, terrassé,
frappé, traîné au bord de la route et jeté contre
un arbre. Il tomba presque mort déjà, dans la
neige.

Et aussitôt on le fusilla. Les soldats tiraient sur
lui, rechargeaient leurs armes, tiraient de nouveau avec un acharnement de brutes. Ils se battaient pour avoir leur tour, défilaient devant le
cadavre et tiraient toujours dessus, comme on

défile devant un cercueil pour jeter de l'eau bénite.

Mais tout d'un coup un cri passa:

«Les Prussiens! les Prussiens!»

Et j'entendis. par tout l'horizon, la rumeur immense de l'armée éperdue qui courait.

La panique, née de ces coups de feu sur ce vagabond, avait affolé les exécuteurs eux-mêmes, qui, sans comprendre que l'épouvante venait d'eux, se sauvèrent et disparurent dans l'ombre.

Je restai seul devant le corps avec les deux gendarmes, que leur devoir avait retenus près de moi.

Ils relevèrent cette viande broyée, moulue et sanglante.

«Il faut le fouiller», leur dis-je.

Et je tendis une boîte d'allumettes-bougies[1] que j'avais dans ma poche. Un des soldats éclairait l'autre. J'étais debout entre les deux.

Le gendarme qui maniait le corps déclara:

«Vêtu d'une blouse bleue, d'une chemise blanche, d'un pantalon et d'une paire de souliers.»

La première allumette s'éteignit: on alluma la seconde L'homme reprit, en retournant les poches:

«Un couteau de corne, un mouchoir à carreaux, une tabatière, un bout de ficelle, un morceau de pain.»

La seconde allumette s'éteignit. On alluma la troisième. Le gendarme après avoir longtemps palpé le cadavre déclara:

«C'est tout.»

Je dis

«Déshabillez-le. Nous trouverons peut-être quelque chose contre la peau.»

Et, pour que les deux soldats pussent agir en même temps, je me mis moi-même à les éclairer. Je les voyais, à la lueur rapide et vite éteinte de l'allumette, ôter les vêtements un à un, mettre à nu ce paquet sanglant de chair encore chaude et morte.

Et soudain un d'eux balbutia :

« Nom d'un nom, mon commandant, c'est une femme ! »

Je ne saurais vous dire quelle étrange et poignante sensation d'angoisse me remua le cœur. Je ne le pouvais croire, et je m'agenouillai dans la neige, devant cette bouillie informe, pour voir : c'était une femme !

Les deux gendarmes, interdits et démoralisés, attendaient que j'émisse un avis.

Mais je ne savais que penser, que supposer.

Alors le brigadier prononça lentement :

« Peut-être qu'elle venait chercher son éfant qu'était soldat d'artillerie et dont elle n'avait pas de nouvelles. »

Et l'autre répondit :

« P't'être ben que oui tout de même. »

Et moi qui avais vu des choses bien terribles, je me mis à pleurer. Et je sentis, en face de cette morte, dans cette nuit glacée, au milieu de cette plaine noire, devant ce mystère, devant cette inconnue assassinée, ce que veut dire ce mot : « Horreur ».

Or, j'ai eu cette même sensation, l'an dernier, en interrogeant un des survivants de la mission Flatters [1], un tirailleur algérien.

Vous savez les détails de ce drame atroce. Il en est un cependant que vous ignorez peut-être.

Le colonel allait au Soudan par le désert et traversait l'immense territoire des Touareg, qui sont, dans tout cet océan de sable qui va de l'Atlantique à l'Égypte et du Soudan à l'Algérie, des espèces de pirates comparables à ceux qui ravageaient les mers autrefois.

Les guides qui conduisaient la colonne appartenaient à la tribu des Chambaa, des Ouargla.

Or, un jour on établit le camp en plein désert, et les Arabes déclarèrent que, la source étant encore un peu loin, ils iraient chercher de l'eau avec tous les chameaux.

Un seul homme prévint le colonel qu'il était trahi : Flatters n'en crut rien et accompagna le convoi avec les ingénieurs, les médecins et presque tous ses officiers.

Ils furent massacrés autour de la source, et tous les chameaux capturés.

Le capitaine du bureau arabe[1] de Ouargla, demeuré au camp, prit le commandement des survivants, spahis et tirailleurs, et on commença la retraite, en abandonnant les bagages et les vivres, faute de chameaux pour les porter.

Ils se mirent donc en route dans cette solitude sans ombre et sans fin, sous le soleil dévorant qui les brûlait du matin au soir.

Une tribu vint faire sa soumission et apporta des dattes. Elles étaient empoisonnées. Presque tous les Français moururent et, parmi eux, le dernier officier.

Il ne restait plus que quelques spahis, dont le maréchal des logis Pobéguin, plus des tirailleurs indigènes de la tribu des Chambaa. On avait encore deux chameaux. Ils disparurent une nuit avec deux Arabes.

Alors les survivants comprirent qu'il allait falloir s'entre-dévorer, et, sitôt découverte la fuite des deux hommes avec les deux bêtes, ceux qui restaient se séparèrent et se mirent à marcher un à un dans le sable mou, sous la flamme aiguë du ciel, à plus d'une portée de fusil l'un de l'autre.

Ils allaient ainsi tout le jour, et, quand on atteignait une source, chacun y venait boire à son tour, dès que le plus proche isolé avait regagné sa distance. Ils allaient ainsi tout le jour, soulevant de place en place, dans l'étendue brûlée et plate, ces petites colonnes de poussière qui indiquent de loin les marcheurs dans le désert.

Mais un matin, un des voyageurs brusquement obliqua, se rapprochant de son voisin. Et tous s'arrêtèrent pour regarder.

L'homme vers qui marchait le soldat affamé ne s'enfuit pas, mais il s'aplatit par terre, il mit en joue celui qui s'en venait. Quand il le crut à distance, il tira. L'autre ne fut point touché et il continua d'avancer puis, épaulant à son tour, il tua net son camarade.

Alors de tout l'horizon, les autres accoururent pour chercher leur part. Et celui qui avait tué, dépeçant le mort, le distribua.

Et ils s'espacèrent de nouveau, ces alliés irréconciliables, pour jusqu'au prochain meurtre qui les rapprocherait.

Pendant deux jours ils vécurent de cette chair humaine partagée. Puis la famine étant revenue, celui qui avait tué le premier tua de nouveau.

Et de nouveau, comme un boucher, il coupa le cadavre et l'offrit à ses compagnons, en ne conservant que sa portion.

Et ainsi continua cette retraite d'anthropophages.

Le dernier Français, Pobéguin, fut massacré au bord d'un puits, la veille du jour où les secours arrivèrent.

Comprenez-vous maintenant ce que j'entends par l'Horrible?

*

Voilà ce que nous raconta, l'autre soir, le général de G...

Le Tic [1]

Les dîneurs entraient lentement dans la grande salle de l'hôtel et s'asseyaient à leurs places. Les domestiques commencèrent le service tout doucement pour permettre aux retardataires d'arriver et pour n'avoir point à rapporter les plats ; et les anciens baigneurs, les habitués, ceux dont la saison avançait, regardaient avec intérêt la porte chaque fois qu'elle s'ouvrait, avec le désir de voir paraître de nouveaux visages.

C'est là la grande distraction des villes d'eaux [2]. On attend le dîner pour inspecter les arrivés du jour, pour deviner ce qu'ils sont, ce qu'ils font, ce qu'ils pensent. Un désir rôde dans notre esprit, le désir de rencontres agréables, de connaissances aimables, d'amours peut-être. Dans cette vie de coudoiements, les voisins, les inconnus, prennent une importance extrême. La curiosité est en éveil, la sympathie en attente et la sociabilité en travail.

On a des antipathies d'une semaine et des amitiés d'un mois, on voit les gens avec des yeux différents, sous l'optique spéciale de la connaissance de ville d'eaux. On découvre aux hommes, subitement, dans une causerie d'une heure, le soir, après dîner, sous les arbres du parc où bouillonne la source guérisseuse, une intelligence supérieure et des mérites surprenants, et, un mois plus tard, on a complètement oublié ces nouveaux amis, si charmants aux premiers jours.

Là aussi se forment des liens durables et sérieux, plus vite que partout ailleurs. On se voit tout le jour, on se connaît très vite; et dans l'affection qui commence se mêle quelque chose de la douceur et de l'abandon des intimités anciennes. On garde plus tard le souvenir cher et attendri de ces premières heures d'amitié, le souvenir de ces premières causeries par qui se fait la découverte de l'âme, de ces premiers regards qui interrogent et répondent aux questions et aux pensées secrètes que la bouche ne dit point encore, le souvenir de cette première confiance cordiale, le souvenir de cette sensation charmante d'ouvrir son cœur à quelqu'un qui semble aussi vous ouvrir le sien.

Et la tristesse de la station de bains, la monotonie des jours tous pareils, rendent plus complète d'heure en heure cette éclosion d'affection.

Donc, ce soir-là, comme tous les soirs, nous attendions l'entrée de figures inconnues.

Il n'en vint que deux, mais très étranges, un homme et une femme: le père et la fille. Ils me firent l'effet, tout de suite, de personnages d'Edgar Poe[1]; et pourtant il y avait en eux un charme, un charme malheureux; je me les représentai comme des victimes de la fatalité. L'homme était très grand et maigre, un peu voûté, avec des cheveux tout blancs, trop blancs pour sa physionomie jeune encore ; et il avait dans son allure et dans sa personne quelque chose de grave, cette tenue austère que gardent les protestants. La fille, âgée peut-être de vingt-quatre ou vingt-cinq ans, était petite, fort maigre aussi, fort pâle, avec un air las, fatigué, accablé. On rencontre ainsi des gens qui semblent trop faibles pour les besognes et les nécessités de la vie, trop faibles pour se remuer, pour marcher, pour faire tout ce que nous faisons tous les jours. Elle était assez jolie, cette enfant, d'une beauté diaphane d'apparition ; et elle mangeait avec une extrême lenteur, comme si elle eût été presque incapable de mouvoir ses bras.

C'était elle assurément qui venait prendre les eaux.

Ils se trouvèrent en face de moi, de l'autre côté de la table ; et je remarquai immédiatement que le père avait un tic nerveux fort singulier.

Chaque fois qu'il voulait atteindre un objet, sa main décrivait un crochet rapide, une sorte de zigzag affolé, avant de parvenir à toucher ce qu'elle cherchait. Au bout de quelques instants ce mouvement me fatigua tellement que je détournais la tête pour ne pas le voir.

Je remarquai aussi que la jeune fille gardait, pour manger, un gant à la main gauche.

Après dîner, j'allai faire un tour dans le parc de l'établissement thermal. Cela se passait dans une petite station d'Auvergne, Châtelguyon, cachée dans une gorge, au pied de la haute montagne, de cette montagne d'où s'écoulent tant de sources bouillantes, venues du foyer profond des anciens volcans. Là-bas, au-dessus de nous, les

dômes, cratères éteints, levaient leurs têtes tron-
quées au-dessus de la longue chaîne. Car Châtelguyon est au commencement du pays des dômes.

Plus loin s'étend le pays des pics ; et, plus loin,
encore, le pays des plombs.

Le puy de Dôme est le plus haut des dômes, le
pic du Sancy le plus élevé des pics, et le plomb
du Cantal le plus grand des plombs.

Il faisait très chaud ce soir-là. J'allais, de long
en large dans l'allée ombreuse, écoutant, sur le
mamelon qui domine le parc, la musique du
casino jeter ses premières chansons.

Et j'aperçus, venant vers moi, d'un pas lent, le
père et la fille. Je les saluai, comme on salue
dans les villes d'eaux ses compagnons d'hôtel ; et
l'homme, s'arrêtant aussitôt, me demanda :

«Ne pourriez-vous, monsieur, nous indiquer
une promenade courte, facile et jolie si c'est possible ; et excusez mon indiscrétion.»

Je m'offris à les conduire au vallon où coule la
mince rivière, vallon profond, gorge étroite entre
deux grandes pentes rocheuses et boisées[1].

Ils acceptèrent.

Et nous parlâmes, naturellement, de la vertu
des eaux.

«Oh, disait-il, ma fille a une étrange maladie,
dont on ignore le siège. Elle souffre d'accidents
nerveux incompréhensibles. Tantôt on la croit
atteinte d'une maladie de cœur, tantôt d'une
maladie de foie, tantôt d'une maladie de la moelle
épinière. Aujourd'hui on attribue à l'estomac,
qui est la grande chaudière et le grand régula-
teur du corps, ce mal-Protée aux mille formes et
aux mille atteintes. Voilà pourquoi nous sommes

ici. Moi je crois plutôt que ce sont les nerfs. En
tout cas, c'est bien triste.»

Le souvenir me vint aussitôt du tic violent de
sa main, et je lui demandai :

«Mais n'est-ce pas là de l'hérédité? N'avez-
vous pas vous-mêmes les nerfs un peu malades?»

Il répondit tranquillement :

«Moi?... Mais non... j'ai toujours eu les nerfs
très calmes...»

Puis soudain, après un silence, il reprit :

«Ah! vous faites allusion au spasme de ma
main chaque fois que je veux prendre quelque
chose? Cela provient d'une émotion terrible que
j'ai eue. Figurez-vous que cette enfant a été enterrée vivante!»

Je ne trouvai rien à dire qu'un «Ah!» de surprise et d'émotion.

Il reprit :

*

Voici l'aventure. Elle est simple. Juliette avait
depuis quelque temps de graves accidents au
cœur. Nous croyions à une maladie de cet organe,
et nous nous attendions à tout.

On la rapporta un jour froide, inanimée, morte.
Elle venait de tomber dans le jardin. Le médecin
constata le décès. Je veillai près d'elle un jour et
deux nuits; je la mis moi-même dans le cercueil,
que j'accompagnai jusqu'au cimetière où il fut
déposé dans notre caveau de famille. C'était en
pleine campagne, en Lorraine.

J'avais voulu qu'elle fût ensevelie avec ses
bijoux, bracelets, colliers, bagues, tous cadeaux

qu'elle tenait de moi, et avec sa première robe de bal.

Vous devez penser quel était l'état de mon cœur et l'état de mon âme en rentrant chez moi. Je n'avais qu'elle, ma femme étant morte depuis longtemps. Je rentrai seul, à moitié fou, exténué, dans ma chambre, et je tombai dans mon fauteuil, sans pensée, sans force maintenant pour faire un mouvement. Je n'étais plus qu'une machine douloureuse, vibrante, un écorché; mon âme ressemblait à une plaie vive.

Mon vieux valet de chambre, Prosper, qui m'avait aidé à déposer Juliette dans son cercueil, et à la parer pour ce dernier sommeil, entra sans bruit et demanda :

«Monsieur veut-il prendre quelque chose?»

Je fis «non» de la tête sans répondre.

Il reprit :

«Monsieur a tort. Il arrivera du mal à monsieur. Monsieur veut-il alors que je le mette au lit?»

Je prononçai :

«Non, laisse-moi.»

Et il se retira.

Combien s'écoula-t-il d'heures, je n'en sais rien. Oh! quelle nuit! quelle nuit! Il faisait froid; mon feu s'était éteint dans la grande cheminée; et le vent, un vent d'hiver, un vent glacé, un grand vent de pleine gelée, heurtait les fenêtres avec un bruit sinistre et régulier.

Combien s'écoula-t-il d'heures? J'étais là, sans dormir, affaissé, accablé, les yeux ouverts, les jambes allongées, le corps mou, mort, et l'esprit engourdi de désespoir. Tout à coup, la grande cloche de la porte d'entrée, la grande cloche du vestibule tinta.

J'eus une telle secousse que mon siège craqua sous moi. Le son grave et pesant vibrait dans le château vide comme dans un caveau. Je me retournai pour voir l'heure à mon horloge. Il était deux heures du matin. Qui pouvait venir à cette heure?

Et brusquement la cloche sonna de nouveau deux coups. Les domestiques, sans doute, n'osaient pas se lever. Je pris une bougie et je descendis. Je faillis demander:

«Qui est là?»

Puis j'eus honte de cette faiblesse; et je tirai lentement les gros verrous. Mon cœur battait; j'avais peur. J'ouvris la porte brusquement et j'aperçus dans l'ombre une forme blanche dressée, quelque chose comme un fantôme.

Je reculai, perclus d'angoisse, balbutiant:

«Qui... qui... qui êtes-vous?»

Une voix répondit:

«C'est moi, père.»

C'était ma fille.

Certes, je me crus fou; et je m'en allais à reculons devant ce spectre qui entrait; je m'en allais, faisant de la main, comme pour le chasser, ce geste que vous avez vu tout à l'heure; ce geste qui ne m'a plus quitté.

L'apparition reprit:

«N'aie pas peur, papa; je n'étais pas morte. On a voulu me voler mes bagues, et on m'a coupé un doigt; le sang s'est mis à couler, et cela m'a ranimée.»

Et je m'aperçus, en effet, qu'elle était couverte de sang.

Je tombai sur les genoux, étouffant, sanglotant, râlant.

Puis, quand j'eus ressaisi un peu ma pensée, tellement éperdu encore que je comprenais mal le bonheur terrible qui m'arrivait, je la fis monter dans ma chambre, je la fis asseoir dans mon fauteuil ; puis je sonnai Prosper à coups précipités pour qu'il rallumât le feu, qu'il préparât à boire et allât chercher des secours.

L'homme entra, regarda ma fille, ouvrit la bouche dans un spasme d'épouvante et d'horreur, puis tomba roide mort sur le dos.

C'était lui qui avait ouvert le caveau, qui avait mutilé, puis abandonné mon enfant : car il ne pouvait effacer les traces du vol. Il n'avait même pas pris soin de remettre le cercueil dans sa case, sûr d'ailleurs de n'être pas soupçonné par moi, dont il avait toute la confiance.

Vous voyez, monsieur, que nous sommes des gens bien malheureux.

*

Il se tut.

La nuit était venue, enveloppant le petit vallon solitaire et triste, et une sorte de peur mystérieuse m'étreignait à me sentir auprès de ces êtres étranges, de cette morte revenue et de ce père aux gestes effrayants.

Je ne trouvais rien à dire. Je murmurai :

« Quelle horrible chose !... »

Puis, après une minute, j'ajoutai:

«Si nous rentrions, il me semble qu'il fait frais.»

Et nous retournâmes vers l'hôtel.

Fini [1]

Le comte de Lormerin venait d'achever de s'habiller. Il jeta un dernier regard dans la grande glace qui tenait un panneau entier de son cabinet de toilette et sourit [2].

Il était vraiment encore bel homme, bien que tout gris. Haut, svelte, élégant, sans ventre, le visage maigre avec une fine moustache de nuance douteuse, qui pouvait passer pour blonde, il avait de l'allure, de la noblesse, de la distinction, ce chic enfin, ce je ne sais quoi qui établit entre deux hommes plus de différence que les millions.

Il murmura :

« Lormerin vit encore ! »

Et il entra dans son salon, où l'attendait son courrier.

Sur sa table, où chaque chose avait sa place, table de travail du monsieur qui ne travaille jamais, une dizaine de lettres attendaient à côté de trois journaux d'opinions différentes. D'un seul coup de doigt il étala toutes ces lettres, comme un joueur qui donne à choisir une carte ; et il regarda les écritures, ce qu'il faisait chaque matin avant de déchirer les enveloppes.

C'était pour lui un moment délicieux d'attente,
de recherche et de vague angoisse. Que lui appor-
taient ces papiers fermés et mystérieux? Que
contenaient-ils de plaisir, de bonheur ou de chagrin? Il les couvait de son regard rapide, recon-
naissant les écritures, les choisissant, faisant deux
ou trois lots, selon ce qu'il en espérait. Ici, les
amis; là, les indifférents; plus loin les inconnus.
Les inconnus le troublaient toujours un peu. Que
voulaient-ils? Quelle main avait tracé ces caractères bizarres, pleins de pensées, de promesses
ou de menaces?

Ce jour-là, une lettre surtout arrêta son œil.
Elle était simple pourtant, sans rien de révéla-
teur; mais il la considéra avec inquiétude, avec
une sorte de frisson au cœur. Il pensa: «De qui
ça peut-il être? Je connais certainement cette
écriture, et je ne la reconnais pas.»

Il l'éleva à la hauteur du visage, en la tenant
délicatement entre deux doigts, cherchant à lire
à travers l'enveloppe, sans se décider à l'ouvrir.

Puis il la flaira, prit sur la table une petite
loupe qui traînait pour étudier tous les détails
des caractères. Un énervement l'envahissait. «De
qui est-ce? Cette main-là m'est familière, très
familière. Je dois avoir lu souvent de sa prose, oui
très souvent. Mais ça doit être vieux, très vieux.
De qui diable ça peut-il être? Baste! quelque
demande d'argent.»

Et il déchira le papier; puis il lut:

«Mon cher ami, vous m'avez oubliée, sans
doute, car voici vingt-cinq ans que nous ne nous
sommes vus. J'étais jeune, je suis vieille. Quand

je vous ai dit adieu, je quittais Paris pour suivre, en province, mon mari, mon vieux mari, que vous appeliez "mon hôpital". Vous en souvenez-vous? Il est mort, voici cinq ans; et, maintenant, je reviens à Paris pour marier ma fille, car j'ai une fille, une belle fille de dix-huit ans, que vous n'avez jamais vue. Je vous ai annoncé son entrée au monde, mais vous n'avez certes pas fait grande attention à un aussi mince événement.

» Vous, vous êtes toujours le beau Lormerin; on me l'a dit. Eh bien, si vous vous rappelez encore la petite Lise, que vous appeliez Lison[1], venez dîner ce soir avec elle, avec la vieille baronne de Vance, votre toujours fidèle amie, qui vous tend, un peu émue, et contente aussi, une main dévouée, qu'il faut serrer et ne plus baiser, mon pauvre Jaquelet.

» LISE DE VANCE. »

Le cœur de Lormerin s'était mis à battre. Il demeurait au fond de son fauteuil, la lettre sur les genoux et le regard fixe devant lui, crispé par une émotion poignante qui lui faisait monter des larmes aux yeux!

S'il avait aimé une femme dans sa vie, c'était celle-là, la petite Lise, Lise de Vance, qu'il appelait Fleur-de-Cendre, à cause de la couleur étrange de ses cheveux et du gris pâle de ses yeux. Oh! quelle fine, et jolie, et charmante créature c'était, cette frêle baronne, la femme de ce vieux baron goutteux et bourgeonneux qui l'avait enlevée brusquement en province, enfermée, séquestrée par jalousie, par jalousie du beau Lormerin.

Oui il l'avait aimée et il avait été bien aimé aussi, croyait-il. Elle le nommait familièrement Jaquelet, et elle disait ce mot d'une exquise façon.

Mille souvenirs effacés lui revenaient lointains et doux, et tristes maintenant. Un soir, elle était entrée chez lui en sortant d'un bal, et ils avaient été faire un tour au bois de Boulogne : elle décolletée, lui en veston de chambre. C'était au printemps : il faisait doux. L'odeur de son corsage embaumait l'air tiède, l'odeur de son corsage et aussi, un peu, celle de sa peau. Quel soir divin ! En arrivant près du lac, comme la lune tombait dans l'eau à travers les branches, elle s'était mise à pleurer. Un peu surpris, il demanda pourquoi.

Elle répondit :

« Je ne sais pas ; c'est la lune et l'eau qui m'attendrissent. Toutes les fois que je vois des choses poétiques, ça me serre le cœur et je pleure [1]. »

Il avait souri, ému lui-même, trouvant ça bête et charmant, cette émotion naïve de femme, de pauvre petite femme que toutes les sensations ravagent. Et il l'avait embrassée avec passion, bégayant :

« Ma petite Lise, tu es exquise. »

Quel charmant amour, délicat et court, ça avait été, et fini si vite aussi, coupé net, en pleine ardeur, par cette vieille brute de baron qui avait enlevé sa femme, et qui ne l'avait plus montrée à personne jamais depuis lors !

Lormerin avait oublié, parbleu ! au bout de deux ou trois semaines. Une femme chasse l'autre si vite, à Paris, quand on est garçon ! N'importe, il avait gardé à celle-là une petite chapelle en son

cœur, car il n'avait aimé qu'elle! Il s'en rendait
bien compte maintenant.

Il se leva et prononça tout haut: «Certes, j'irai
dîner ce soir!» Et, d'instinct, il retourna devant
sa glace pour se regarder de la tête aux pieds. Il
pensait: «Elle doit avoir vieilli rudement, plus
que moi.» Et il était content au fond de se montrer à elle encore beau, encore vert, de l'étonner,
de l'attendrir peut-être, et de lui faire regretter
ces jours passés, si loin, si loin!

Il revint à ses autres lettres. Elles n'avaient
point d'importance.

Tout le jour il pensa à cette revenante! Comment était-elle? Comme c'était drôle de se retrouver ainsi après vingt-cinq ans! La reconnaîtrait-il
seulement?

Il fit sa toilette avec une coquetterie de femme,
mit un gilet blanc, ce qui lui allait mieux, avec
l'habit, que le gilet noir, fit venir le coiffeur pour
lui donner un coup de fer, car il avait conservé
ses cheveux, et il partit de très bonne heure pour
témoigner de l'empressement.

La première chose qu'il vit en entrant dans un
joli salon fraîchement meublé, ce fut son propre
portrait, une vieille photographie déteinte, datant
de ses jours triomphants, pendue au mur dans
un cadre coquet de soie ancienne.

Il s'assit et attendit. Une porte s'ouvrit enfin
derrière lui; il se dressa brusquement et, se
retournant, aperçut une vieille dame en cheveux
blancs qui lui tendait les deux mains.

Il les saisit, les baisa l'une après l'autre, longtemps; puis relevant la tête il regarda son amie.

Oui, c'était une vieille dame, une vieille dame

inconnue qui avait envie de pleurer et qui souriait cependant.

Il ne put s'empêcher de murmurer:

«C'est vous, Lise?»

Elle répondit:

«Oui, c'est moi, c'est bien moi... Vous ne m'auriez pas reconnue, n'est-ce pas? J'ai eu tant de
chagrin... tant de chagrin... Le chagrin a brûlé
ma vie... Me voilà maintenant... Regardez-moi...
ou plutôt non... ne me regardez pas... Mais
comme vous êtes resté beau, vous... et jeune...
Moi, si je vous avais, par hasard, rencontré dans
la rue, j'aurais aussitôt crié: "Jaquelet!" Maintenant, asseyez-vous, nous allons d'abord causer.
Et puis j'appellerai ma fillette, ma grande fille.
Vous verrez comme elle me ressemble... ou plutôt comme je lui ressemblais... non, ce n'est pas
encore ça: elle est toute pareille à la "moi" d'autrefois, vous verrez! Mais j'ai voulu que nous
fussions seuls d'abord. Je craignais un peu d'émotion de ma part au premier moment. Maintenant
c'est fini, c'est passé... Asseyez-vous donc, mon
ami.»

Il s'assit près d'elle en lui tenant la main; mais
il ne savait que lui dire; il ne connaissait pas
cette personne-là; il ne l'avait jamais vue, lui
semblait-il. Qu'était-il venu faire en cette maison? De quoi pourrait-il parler? De l'autrefois?
Qu'y avait-il de commun entre elle et lui? Il ne
se souvenait plus de rien en face de ce visage de
grand-mère. Il ne se souvenait plus de toutes ces
choses gentilles et douces, et tendres, et poi-
gnantes qui avaient assailli son cœur, tantôt,
quand il pensait à l'autre, à la petite Lise, à la

mignonne Fleur-de-Cendre. Qu'était-elle donc devenue celle-là? L'ancienne, l'aimée? Celle du rêve lointain, la blonde aux yeux gris, la jeune, qui disait si bien: Jaquelet?

Ils demeuraient côte à côte, immobiles, gênés tous deux, troublés, envahis par un malaise profond.

Comme ils ne prononçaient que des phrases banales, hachées et lentes, elle se leva et appuya sur le bouton de la sonnerie:

«J'appelle Renée», dit-elle.

On entendit un bruit de porte, puis un bruit de robe; puis une voix jeune cria:

«Me voici maman!»

Lormerin restait effaré comme devant une apparition. Il balbutia:

«Bonjour, mademoiselle...»

Puis, se tournant vers la mère:

«Oh! c'est vous!...»

C'était elle, en effet, celle d'autrefois, la Lise disparue et revenue! Il la retrouvait telle qu'on la lui avait enlevée vingt-cinq ans plus tôt. Celle-ci même était plus jeune encore, plus fraîche, plus enfant.

Il avait une envie folle d'ouvrir les bras, de l'étreindre de nouveau en lui murmurant dans l'oreille:

«Bonjour, Lison!»

Un domestique annonça:

«Madame est servie!»

Et ils entrèrent dans la salle à manger.

Que se passa-t-il dans ce dîner? Que lui dit-on, et que put-il répondre? Il était entré dans un de ces songes étranges qui touchent à la folie.

Il regardait ces deux femmes avec une idée fixe
dans l'esprit, une idée malade de dément :

« Laquelle est la vraie[1] ? »

La mère souriait, répétant sans cesse :

« Vous en souvient-il ? »

Et c'était dans l'œil clair de la jeune fille
qu'il retrouvait ses souvenirs. Vingt fois il ouvrit
la bouche pour lui dire : « Vous rappelez-vous,
Lison ?… » oubliant cette dame à cheveux blancs
qui le regardait d'un œil attendri.

Et cependant, par instants, il ne savait plus, il
perdait la tête ; il s'apercevait que celle d'aujour-
d'hui n'était pas tout à fait pareille à celle de
jadis. L'autre, l'ancienne, avait dans la voix, dans
le regard, dans tout son être quelque chose qu'il
ne retrouvait pas. Et il faisait de prodigieux efforts
d'esprit pour se rappeler son amie, pour ressai-
sir ce qui lui échappait d'elle, ce que n'avait
point cette ressuscitée.

La baronne disait :

« Vous avez perdu votre entrain, mon pauvre
ami. »

Il murmurait :

« Il y a beaucoup d'autres choses que j'ai
perdues ! »

Mais, dans son cœur tout remué, il sentait,
comme une bête réveillée qui l'aurait mordu, son
ancien amour renaître.

La jeune fille bavardait, et parfois des intonations retrouvées, des mots familiers à sa mère et
qu'elle lui avait pris, toute une manière de dire
et de penser, cette ressemblance d'âme et d'allure qu'on gagne en vivant ensemble, secouaient

Lormerin de la tête aux pieds. Tout cela entrait en lui, faisait plaie dans sa passion rouverte.

Il se sauva de bonne heure et fit un tour sur le boulevard. Mais l'image de cette enfant le suivait, le hantait, précipitait son cœur, enfiévrait son sang. Loin des deux femmes il n'en voyait plus qu'une, une jeune, l'ancienne, revenue, et il l'aimait comme il l'avait aimée jadis. Il l'aimait avec plus d'ardeur, après ces vingt-cinq ans d'arrêt.

Il rentra donc chez lui pour réfléchir à cette chose bizarre et terrible, et pour songer à ce qu'il ferait.

Mais comme il passait, une bougie à la main, devant sa glace, devant sa grande glace où il s'était contemplé et admiré avant de partir, il aperçut dedans un homme mûr à cheveux gris; et, soudain, il se rappela ce qu'il était autrefois, au temps de la petite Lise; il se revit, charmant et jeune, tel qu'il avait été aimé. Alors, approchant la lumière, il se regarda de près, inspectant les rides, constatant ces affreux ravages qu'il n'avait encore jamais aperçus.

Et il s'assit, accablé, en face de lui-même, en face de sa lamentable image, en murmurant: «Fini Lormerin!»

Mes vingt-cinq jours [1]

Je venais de prendre possession de ma chambre d'hôtel, case étroite, entre deux cloisons de papier qui laissent passer tous les bruits des voisins ; et je commençais à ranger dans l'armoire à glace mes vêtements et mon linge quand j'ouvris le tiroir qui se trouve au milieu de ce meuble. J'aperçus aussitôt un cahier de papier roulé. L'ayant déplié, je l'ouvris et je lus ce titre :

Mes vingt-cinq jours.

C'était le journal d'un baigneur, du dernier occupant de ma cabine, oublié là à l'heure du départ.

Ces notes peuvent être de quelque intérêt pour les gens sages et bien portants qui ne quittent jamais leur demeure. C'est pour eux que je les transcris ici sans en changer une lettre.

*

Châtelguyon, 15 juillet[1].

Au premier coup d'œil, il n'est pas gai, ce pays. Donc, je vais y passer vingt-cinq jours pour soigner mon foie, mon estomac et maigrir un peu. Les vingt-cinq jours d'un baigneur ressemblent beaucoup aux vingt-huit jours d'un réserviste[2]; ils ne sont faits que de corvées, de dures corvées. Aujourd'hui, rien encore, je me suis installé, j'ai fait connaissance avec les lieux et avec le médecin. Châtelguyon se compose d'un ruisseau où coule de l'eau jaune, entre plusieurs mamelons, où sont plantés un casino[3], des maisons et des croix de pierre.

Au bord du ruisseau, au fond du vallon, on voit un bâtiment carré entouré d'un petit jardin; c'est l'établissement de bains. Des gens tristes errent autour de cette bâtisse: les malades. Un grand silence règne dans les allées ombragées d'arbres, car ce n'est pas ici une station de plaisir, mais une vraie station de santé; on s'y soigne avec conviction; et on y guérit, paraît-il.

Des gens compétents affirment même que les sources minérales y font de vrais miracles[4]. Cependant aucun *ex-voto* n'est suspendu autour du bureau du caissier.

De temps en temps, un monsieur ou une dame s'approche d'un kiosque, coiffé d'ardoises, qui abrite une femme de mine souriante et douce, et une source qui bouillonne dans une vasque de ciment. Pas un mot n'est échangé entre le malade et la gardienne de l'eau guérisseuse. Celle-ci tend à l'arrivant un petit verre où tremblotent des bulles d'air dans le liquide transparent. L'autre boit et s'éloigne d'un pas grave, pour reprendre sous les arbres sa promenade interrompue[1].

Aucun bruit dans ce petit parc, aucun souffle d'air dans les feuilles, aucune voix ne passe dans ce silence. On devrait écrire à l'entrée du pays : « Ici on ne rit plus, on se soigne. »

Les gens qui causent ressemblent à des muets qui ouvriraient la bouche pour simuler des sons, tant ils ont peur de laisser s'échapper leur voix.

Dans l'hôtel, même silence. C'est un grand hôtel[2] où l'on dîne avec gravité entre gens comme il faut qui n'ont rien à se dire. Leurs manières révèlent le savoir-vivre, et leurs visages reflètent la conviction d'une supériorité dont il serait peut-être difficile à quelques-uns de donner des preuves effectives.

À deux heures, je fais l'ascension du Casino, petite cabane de bois perchée sur un monticule où l'on grimpe par des sentiers de chèvre. Mais la vue, de là-haut, est admirable. Châtelguyon se trouve placé dans un vallon très étroit, juste entre la plaine et la montagne. J'aperçois donc à gauche les premières grandes vagues des monts auvergnats couverts de bois, et montrant, par places, de grandes taches grises, leurs durs ossements de laves, car nous sommes au pied des anciens volcans[3]. À droite, par l'étroite échancrure du vallon, je découvre une plaine infinie comme la mer, noyée dans une brume bleuâtre qui laisse seulement deviner les villages, les villes, les champs jaunes de blé mûr et les carrés verts des prairies ombragés de pommiers. C'est la Limagne, immense et plate, toujours enveloppée dans un léger voile de vapeurs.

Le soir est venu. Et maintenant, après avoir dîné solitaire, j'écris ces lignes auprès de ma fenêtre ouverte. J'entends là-bas, en face, le petit orchestre du casino qui joue des airs, comme un oiseau fou qui chanterait, tout seul, dans le désert.

Un chien aboie de temps en temps. Ce grand calme fait du bien. Bonsoir.

16 juillet. — Rien. J'ai pris un bain, plus une douche. J'ai bu trois verres d'eau et j'ai marché dans les allées du parc, un quart d'heure entre chaque verre, plus une demi-heure après le dernier. J'ai commencé mes vingt-cinq jours.

17 juillet. — Remarqué deux jolies femmes mystérieuses qui prennent leurs bains et leurs repas après tout le monde.

18 juillet. — Rien.

19 juillet. — Revu les deux jolies femmes. Elles ont du chic et un petit air je ne sais quoi qui me plaît beaucoup.

20 juillet. — Longue promenade dans un charmant vallon boisé jusqu'à l'Ermitage de Sans-Souci[1]. Ce pays est délicieux, bien que triste, mais si calme, si doux, si vert. On rencontre par les chemins de montagne les voitures étroites chargées de foin que deux vaches traînent d'un pas lent, ou retiennent dans les descentes, avec un grand effort de leurs têtes liées ensemble. Un homme coiffé d'un grand chapeau noir les dirige avec une mince baguette en les touchant au flanc ou sur le front; et souvent d'un simple geste, d'un geste énergique et grave, il les arrête brusquement quand la charge trop lourde précipite leur marche dans les descentes trop dures.

L'air est bon à boire dans ces vallons. Et s'il fait très chaud, la poussière porte une légère et vague odeur de vanille et d'étable; car tant de vaches passent sur ces routes qu'elles y laissent partout un peu d'elles. Et cette odeur est un parfum, alors qu'elle serait une puanteur, venue d'autres animaux.

21 juillet. — Excursion au vallon d'Enval[1]. C'est une gorge étroite enfermée en des rochers superbes au pied même de la montagne. Un ruisseau coule au milieu des rocs amoncelés.

Comme j'arrivais au fond de ce ravin, j'entendis des voix de femmes, et j'aperçus bientôt les deux dames mystérieuses de mon hôtel, qui causaient assises sur une pierre.

L'occasion me parut bonne et je me présentai sans hésitation. Mes ouvertures furent reçues sans embarras[2]. Nous avons fait route ensemble pour revenir. Et nous avons parlé de Paris; elles connaissent, paraît-il, beaucoup de gens que je connais aussi. Qui est-ce?

Je les reverrai demain. Rien de plus amusant que ces rencontres-là.

22 juillet. — Journée passée presque entière avec les deux inconnues. Elles sont, ma foi, fort jolies, l'une brune et l'autre blonde. Elles se disent veuves. Hum?...

Je leur ai proposé de les conduire à Royat demain, et elles ont accepté.

Châtelguyon est moins triste que je n'avais pensé en arrivant.

23 juillet. — Journée passée à Royat. Royat est un pâté d'hôtels au fond d'une vallée, à la porte de Clermont-Ferrand. Beaucoup de monde. Grand parc plein de mouvement. Superbe vue du Puy-de-Dôme aperçu au bout d'une perspective de vallons[1].

On s'occupe beaucoup de mes compagnes, ce qui me flatte. L'homme qui escorte une jolie femme se croit toujours coiffé d'une auréole; à plus forte raison celui qui passe entre deux jolies femmes. Rien ne plaît autant que de dîner dans un restaurant bien fréquenté, avec une amie que tout le monde regarde; et rien d'ailleurs n'est plus propre à poser un homme dans l'estime de ses voisins.

Aller au Bois, traîné par une rosse, ou sortir sur le boulevard, escorté par un laideron, sont les deux accidents les plus humiliants qui puissent frapper un cœur délicat, préoccupé de l'opinion des autres. De tous les luxes, la femme est le plus rare et le plus distingué, elle est celui qui coûte le plus cher, et qu'on nous envie le plus; elle est donc aussi celui que nous devons aimer le mieux à étaler sous les yeux jaloux du public.

Montrer au monde une jolie femme à son bras, c'est exciter, d'un seul coup, toutes les jalousies; c'est dire: «Voyez, je suis riche, puisque je possède cet objet rare et coûteux; j'ai du goût, puisque j'ai su trouver cette perle; peut-être même

en suis-je aimé, à moins que je ne sois trompé par
elle, ce qui prouverait encore que d'autres aussi
la jugent charmante. »

Mais quelle honte que de promener par la ville
une femme laide !

Et que de choses humiliantes cela laisse
entendre !

En principe, on la suppose votre femme légitime, car comment admettre qu'on possède une
vilaine maîtresse ? Une vraie femme peut être
disgracieuse, mais sa laideur signifie alors mille
choses désagréables pour vous. On vous croit
d'abord notaire ou magistrat, ces deux professions ayant le monopole des épouses grotesques
et bien dotées. Or, n'est-ce point pénible pour un
homme ? Et puis cela semble crier au public que
vous avez l'odieux courage et même l'obligation
légale de caresser cette face ridicule et ce corps
mal bâti, et que vous aurez sans doute l'impu-
deur de rendre mère cet être peu désirable, ce
qui est bien le comble du ridicule.

24 juillet. — Je ne quitte plus les deux veuves
inconnues que je commence à bien connaître. Ce
pays est délicieux et notre hôtel excellent. Bonne
saison. Le traitement me fait un bien infini.

25 juillet. — Promenade en landau au lac de
Tazenat[1]. Partie exquise et inattendue, décidée
en déjeunant. Départ brusque en sortant de table.
Après une longue route dans les montagnes, nous
apercevons soudain un admirable petit lac, tout
rond, tout bleu, clair comme du verre, et gîté
dans le fond d'un ancien cratère. Un côté de

cette cuve immense est aride, l'autre boisé. Au milieu des arbres une maisonnette où dort un homme aimable et spirituel, un sage qui passe ses jours dans ce lieu virgilien. Il nous ouvre sa demeure. Une idée me vient. Je crie : « Si on se baignait !... — Oui, dit-on, mais... des costumes.

— Bah ! nous sommes au désert. »

Et on se baigne — ... —!

Si j'étais poète, comme je dirais cette vision inoubliable des corps jeunes et nus dans la transparence de l'eau[1]. La côte inclinée et haute enferme le lac immobile, luisant et rond comme une pièce d'argent : le soleil y verse en pluie sa lumière chaude ; et le long des roches, la chair blonde glisse dans l'onde presque invisible où les nageuses semblent suspendues. Sur le sable du fond on voit passer l'ombre de leurs mouvements !

26 juillet. — Quelques personnes semblent voir d'un œil choqué et mécontent mon intimité rapide avec les deux veuves.

Il existe donc des gens ainsi constitués qu'ils s'imaginent la vie faite pour s'embêter. Tout ce qui paraît être amusement devient aussitôt une faute de savoir-vivre ou de morale. Pour eux, le devoir a des règles inflexibles et mortellement tristes.

Je leur ferai observer avec humilité que le devoir n'est pas le même pour les Mormons, les Arabes, les Zoulous, les Turcs, les Anglais ou les Français. Et qu'il se trouve des gens fort honnêtes chez tous ces peuples.

Je citerai un seul exemple. Au point de vue des femmes, le devoir anglais est fixé à neuf ans, tandis que le devoir français ne commence qu'à quinze ans[1]. Quant à moi je prends un peu du devoir de chaque peuple et j'en fais un tout comparable à la morale du saint roi Salomon[2].

27 juillet. — Bonne nouvelle. J'ai maigri de six cent vingt grammes. Excellente, cette eau de Châtelguyon! J'emmène les veuves dîner à Riom. Triste ville dont l'anagramme constitue un fâcheux voisinage pour des sources guérisseuses : Riom, Mori[3].

28 juillet. — Patatras! Mes deux veuves ont reçu la visite de deux messieurs qui viennent les chercher. — Deux veufs sans doute. — Elles partent ce soir. Elles m'ont écrit sur un petit papier.

29 juillet. — Seul! Longue excursion à pied à l'ancien cratère de la Nachère[4]. Vue superbe.

30 juillet. — Rien. — Je fais le traitement

31 juillet. — Dito.   Dito.
Ce joli pays est plein de ruisseaux infects. Je signale à la municipalité si négligente l'abominable cloaque qui empoisonne la route en face du grand hôtel. On y jette tous les débris de cuisine de cet établissement. C'est là un bon foyer de choléra[5].

1er août. Rien. Le traitement.

2 août. — Admirable promenade à Châteauneuf, station de rhumatisants où tout le monde boite. Rien de plus drôle que cette population de béquillards!

3 août — Rien. Le traitement.

4 aout. — Dito.　　　　Dito.

5 aout. — Dito.　　　　Dito.

6 août. — Désespoir!... Je viens de me peser. J'ai engraissé de trois cent dix grammes. Mais alors?...

7 août. — Soixante-six kilomètres en voiture dans la montagne. Je ne dirai pas le nom du pays par respect pour ses femmes.

On m'avait indiqué cette excursion comme belle et rarement faite. Après quatre heures de chemin, j'arrive à un village assez joli, au bord d'une rivière, au milieu d'un admirable bois de noyers. Je n'avais pas encore vu en Auvergne une forêt de noyers aussi importante.

Elle constitue d'ailleurs toute la richesse du pays, car elle est plantée sur le communal. Ce communal, autrefois, n'était qu'une côte nue couverte de broussailles. Les autorités essayèrent en vain de le faire cultiver; c'est à peine s'il servait à nourrir quelques moutons.

C'est aujourd'hui un superbe bois, grâce aux femmes, et il porte un nom bizarre: on le nomme «les Péchés de M. le curé».

Or, il faut dire que les femmes de la montagne ont la réputation d'être légères, plus légères que dans la plaine. Un garçon qui les rencontre leur doit au moins un baiser ; et s'il ne prend pas plus, il n'est qu'un sot. À penser juste, cette manière de voir est la seule logique et raisonnable. Du moment que la femme, qu'elle soit de la ville ou des champs, a pour mission naturelle de plaire à l'homme, l'homme doit toujours lui prouver qu'elle lui plaît. S'il s'abstient de toute démonstration, cela signifie donc qu'il la trouve laide ; c'est presque injurieux pour elle. Si j'étais femme je ne recevrais pas une seconde fois un homme qui ne m'aurait point manqué de respect à notre première rencontre, car j'estimerais qu'il a manqué d'égards pour ma beauté, pour mon charme, et pour ma qualité de femme.

Donc les garçons du village X... prouvaient souvent aux femmes du pays qu'ils les trouvaient de leur goût, et le curé, ne pouvant parvenir à empêcher ces démonstrations aussi galantes que naturelles, résolut de les utiliser au profit de la prospérité générale. Il imposa donc comme pénitence à toute femme qui avait failli de planter un noyer sur le communal. Et l'on vit chaque nuit des lanternes errer comme des feux follets sur la colline, car les coupables ne tenaient guère à faire en plein jour leur pénitence.

En deux ans il n'y eut plus de place sur les terrains appartenant au village ; et on compte aujourd'hui plus de trois mille arbres magnifiques autour du clocher qui sonne les offices dans leur feuillage. Ce sont là les péchés de M. le curé.

Puisqu'on cherche tant les moyens de reboiser la France, l'administration des forêts ne pourrait-elle s'entendre avec le clergé pour employer le procédé si simple qu'inventa cet humble curé ?

7 août. — Traitement.

8 août. — Je fais mes malles et mes adieux au charmant petit pays tranquille et silencieux, à la montagne verte, aux vallons calmes, au casino désert d'où l'on voit, toujours voilée de sa brume légère et bleuâtre, l'immense plaine de la Limagne.
Je partirai demain matin.

*

Le manuscrit s'arrêtait là. Je n'y veux rien ajouter, mes impressions sur le pays n'ayant pas été tout à fait les mêmes que celles de mon prédécesseur. Car je n'y ai pas trouvé les deux veuves !

La Question du latin [1]

Cette question du latin, dont on nous abrutit depuis quelque temps, me rappelle une histoire, une histoire de ma jeunesse.

Je finissais mes études chez un marchand de soupe, d'une grande ville du Centre, à l'institution Robineau [2], célèbre dans toute la province par la force des études latines qu'on y faisait.

Depuis dix ans, l'institution Robineau battait, à tous les concours, le lycée impérial de la ville et tous les collèges des sous-préfectures, et ses succès constants étaient dus, disait-on, à un pion, un simple pion, M. Piquedent, ou plutôt le père Piquedent.

C'était un de ces demi-vieux tout gris, dont il est impossible de connaître l'âge et dont on devine l'histoire à première vue. Entré comme pion à vingt ans dans une institution quelconque, afin de pouvoir pousser ses études jusqu'à la licence ès lettres d'abord, et jusqu'au doctorat ensuite, il s'était trouvé engrené de telle sorte dans cette vie sinistre qu'il était resté pion toute sa vie. Mais son amour pour le latin ne l'avait pas quitté et le harcelait à la façon d'une passion malsaine. Il continuait à lire les poètes, les prosateurs, les historiens, à les interpréter, à les pénétrer, à les commenter, avec une persévérance qui touchait à la manie.

Un jour, l'idée lui vint de forcer tous les élèves de son étude à ne lui répondre qu'en latin; et il persista dans cette résolution, jusqu'au moment où ils furent capables de soutenir avec lui une conversation entière comme ils l'eussent fait dans leur langue maternelle.

Il les écoutait ainsi qu'un chef d'orchestre écoute répéter ses musiciens, et à tout moment frappant son pupitre de sa règle:

«Monsieur Lefrère, monsieur Lefrère, vous faites un solécisme! Vous ne vous rappelez donc pas la règle?...»

«Monsieur Plantel, votre tournure de phrase est toute française et nullement latine. Il faut comprendre le génie d'une langue. Tenez, écoutez-moi...»

Or il arriva que les élèves de l'institution Robineau emportèrent, en fin d'année, tous les prix de thème, version et discours latins.

L'an suivant, le patron, un petit homme rusé comme un singe, dont il avait d'ailleurs le physique grimaçant et grotesque, fit imprimer sur ses programmes, sur ses réclames et peindre sur la porte de son institution:

«Spécialités d'études latines. — Cinq premiers prix remportés dans les cinq classes du lycée.

» Deux prix d'honneur au Concours général avec tous les lycées et collèges de France.»

Pendant dix ans l'institution Robineau triompha de la même façon. Or, mon père, alléché par

ces succès, me mit comme externe chez ce Robineau que nous appelions Robinetto ou Robinet-
tino, et me fit prendre des répétitions spéciales
avec le père Piquedent, moyennant cinq francs
l'heure, sur lesquels le pion touchait deux francs
et le patron trois francs. J'avais alors dix-huit
ans, et j'étais en philosophie.

Ces répétitions avaient lieu dans une petite
chambre qui donnait sur la rue. Il advint que le
père Piquedent, au lieu de me parler latin, comme
il faisait à l'étude, me raconta ses chagrins en
français. Sans parents, sans amis, le pauvre bon-
homme me prit en affection et versa dans mon
cœur sa misère.

Jamais depuis dix ou quinze ans il n'avait causé
seul à seul avec quelqu'un.

« Je suis comme un chêne dans un désert, disait-
il. *Sicut quercus in solitudine.* »

Les autres pions le dégoûtaient ; il ne connaissait personne en ville, puisqu'il n'avait aucune
liberté pour se faire des relations.

« Pas même les nuits, mon ami, et c'est le plus
dur pour moi. Tout mon rêve serait d'avoir une
chambre avec mes meubles, mes livres, de petites
choses qui m'appartiendraient et auxquelles les
autres ne pourraient pas toucher. Et je n'ai rien
à moi, rien que ma culotte et ma redingote, rien,
pas même mon matelas et mon oreiller ! Je
n'ai pas quatre murs où m'enfermer, excepté
quand je viens pour donner une leçon dans cette
chambre. Comprenez-vous ça, vous, un homme
qui passe toute sa vie sans avoir jamais le droit,
sans trouver jamais le temps de s'enfermer tout
seul, n'importe où, pour penser, pour réfléchir,

pour travailler, pour rêver? Ah! mon cher, une clef, la clef d'une porte qu'on peut fermer, voilà le bonheur, le voilà, le seul bonheur!

» Ici, pendant le jour, l'étude avec tous ces galopins qui remuent, et, pendant la nuit le dortoir avec ces mêmes galopins, qui ronflent. Et je dors dans un lit public au bout des deux files de ces lits de polissons que je dois surveiller. Je ne peux jamais être seul, jamais! Si je sors, je trouve la rue pleine de monde, et quand je suis fatigué de marcher, j'entre dans un café plein de fumeurs et de joueurs de billard. Je vous dis que c'est un bagne.»

Je lui demandais:

«Pourquoi n'avez-vous pas fait autre chose, monsieur Piquedent?»

Il s'écriait:

«Et quoi, mon petit ami, quoi? Je ne suis ni bottier, ni menuisier, ni chapelier, ni boulanger, ni coiffeur. Je ne sais que le latin, moi, et je n'ai pas de diplôme qui me permette de le vendre cher. Si j'étais docteur, je vendrais cent francs ce que je vends cent sous; et je le fournirais sans doute de moins bonne qualité, car mon titre suffirait à soutenir ma réputation.»

Parfois il me disait:

«Je n'ai de repos dans la vie que les heures passées avec vous. Ne craignez rien, vous n'y perdrez pas. À l'étude, je me rattraperai en vous faisant parler deux fois plus que les autres.»

Un jour je m'enhardis, et je lui offris une cigarette. Il me contempla d'abord avec stupeur, puis il regarda la porte:

«Si on entrait, mon cher!

— Eh bien, fumons à la fenêtre », lui dis-je.

Et nous allâmes nous accouder à la fenêtre sur la rue en cachant au fond de nos mains arrondies en coquille les minces rouleaux de tabac.

En face de nous était une boutique de repasseuses : quatre femmes en caraco[1] blanc promenaient sur le linge, étalé devant elles, le fer lourd et chaud qui dégageait une buée.

Tout à coup une autre, une cinquième, portant au bras un large panier qui lui faisait plier la taille, sortit pour aller rendre aux clients leurs chemises, leurs mouchoirs et leurs draps. Elle s'arrêta sur la porte comme si elle eût été fatiguée déjà ; puis elle leva les yeux, sourit en nous voyant fumer, nous jeta, de sa main restée libre, un baiser narquois d'ouvrière insouciante ; et elle s'en alla d'un pas lent, en traînant ses chaussures.

C'était une fille de vingt ans, petite, un peu maigre, pâle, assez jolie, l'air gamin, les yeux rieurs sous des cheveux blonds mal peignés.

Le père Piquedent, ému, murmura :

« Quel métier, pour une femme ! Un vrai métier de cheval. »

Et il s'attendrit sur la misère du peuple. Il avait un cœur exalté de démocrate sentimental et il parlait des fatigues ouvrières avec des phrases de Jean-Jacques Rousseau et des larmoiements dans la gorge[2].

Le lendemain, comme nous étions accoudés à la même fenêtre, la même ouvrière nous aperçut et nous cria : « Bonjour les écoliers ! » d'une petite voix drôle, en nous faisant la nique avec ses mains.

Je lui jetai une cigarette, qu'elle se mit aussitôt

à fumer. Et les quatre autres repasseuses se pré-
cipitèrent sur la porte, les mains tendues, afin
d'en avoir aussi.

Et, chaque jour, un commerce d'amitié s'établit entre les travailleuses du trottoir et les fai-
néants de la pension.

Le père Piquedent était vraiment comique à
voir. Il tremblait d'être aperçu, car il aurait pu
perdre sa place, et il faisait des gestes timides
et farces, toute une mimique d'amoureux sur la
scène, à laquelle les femmes répondaient par une
mitraille de baisers.

Une idée perfide me germait dans la tête. Un
jour, en entrant dans notre chambre, je dis, tout
bas, au vieux pion :

«Vous ne croiriez pas, monsieur Piquedent,
j'ai rencontré la petite blanchisseuse ! Vous savez
bien, celle au panier, et je lui ai parlé !»

Il demanda, un peu troublé par le ton que
j'avais pris :

«Que vous a-t-elle dit ?

— Elle m'a dit... mon Dieu... elle m'a dit...
qu'elle vous trouvait très bien... Au fond, je crois...
je crois... qu'elle est un peu amoureuse de vous...»

Je le vis pâlir ; il reprit :

«Elle se moque de moi, sans doute. Ces choses-
là n'arrivent pas à mon âge.»

Je dis gravement :

«Pourquoi donc ? Vous êtes très bien !»

Comme je le sentais touché par ma ruse, je
n'insistai pas.

Mais, chaque jour, je prétendis avoir rencontré la petite et lui avoir parlé de lui ; si bien qu'il

finit par me croire et par envoyer à l'ouvrière des baisers ardents et convaincus.

Or, il arriva qu'un matin, en me rendant à la pension, je la rencontrai vraiment. Je l'abordai sans hésiter comme si je la connaissais depuis dix ans.

«Bonjour, mademoiselle. Vous allez bien?

— Fort bien, monsieur, je vous remercie.

— Voulez-vous une cigarette?

— Oh! pas dans la rue.

— Vous la fumerez chez vous.

— Alors, je veux bien.

— Dites donc, mademoiselle, vous ne savez pas?

— Quoi donc, monsieur?

— Le vieux, mon vieux professeur...

— Le père Piquedent?

— Oui, le père Piquedent. Vous savez donc son nom?

— Parbleu! Eh bien?

— Eh bien, il est amoureux de vous!»

Elle se mit à rire comme une folle et s'écria:

«C'te blague!

— Mais non, ce n'est pas une blague. Il me parle de vous tout le temps des leçons. Je parie qu'il vous épousera, moi!»

Elle cessa de rire. L'idée du mariage rend graves toutes les filles. Puis elle répéta incrédule:

«C'te blague!

— Je vous jure que c'est vrai.»

Elle ramassa son panier posé devant ses pieds:

«Eh bien! nous verrons», dit-elle.

Et elle s'en alla.

Aussitôt entré à la pension, je pris à part le père Piquedent :

« Il faut lui écrire ; elle est folle de vous. »

Et il écrivit une longue lettre doucement tendre, pleine de phrases et de périphrases, de métaphores et de comparaisons, de philosophie et de galanterie universitaire, un vrai chef-d'œuvre de grâce burlesque, que je me chargeai de remettre à la jeune personne.

Elle la lut avec gravité, avec émotion, puis elle murmura :

« Comme il écrit bien ! On voit qu'il a reçu de l'éducation ! C'est-il vrai qu'il m'épouserait ? »

Je répondis intrépidement :

« Parbleu ! Il en perd la tête.

— Alors il faut qu'il m'invite à dîner dimanche à l'île des Fleurs. »

Je promis qu'elle serait invitée.

Le père Piquedent fut très touché de tout ce que je lui racontai d'elle.

J'ajoutai :

« Elle vous aime, monsieur Piquedent ; et je la crois une honnête fille. Il ne faut pas la séduire et l'abandonner ensuite ! »

Il répondit avec fermeté :

« Moi aussi je suis un honnête homme, mon ami. »

Je n'avais, je l'avoue, aucun projet. Je faisais une farce, une farce d'écolier, rien de plus. J'avais deviné la naïveté du vieux pion, son innocence et sa faiblesse. Je m'amusais sans me demander comment cela tournerait. J'avais dix-huit ans, et je passais pour un madré farceur, au lycée, depuis longtemps déjà[1].

Donc il fut convenu que le père Piquedent et moi partirions en fiacre jusqu'au bac de la Queue-de-Vache, nous y trouverions Angèle, et je les ferais monter dans mon bateau, car je canotais en ce temps-là. Je les conduirais ensuite à l'île des Fleurs, où nous dînerions tous les trois. J'avais imposé ma présence, pour bien jouir de mon triomphe, et le vieux, acceptant ma combinaison, prouvait bien qu'il perdait la tête en effet en exposant ainsi sa place.

Quand nous arrivâmes au bac, où mon canot était amarré depuis le matin, j'aperçus dans l'herbe, ou plutôt au-dessus des hautes herbes de la berge, une ombrelle rouge énorme, pareille à un coquelicot monstrueux. Sous l'ombrelle nous attendait la petite blanchisseuse endimanchée. Je fus surpris; elle était vraiment gentille, bien que pâlotte, et gracieuse, bien que d'allure un peu faubourienne.

Le père Piquedent lui tira son chapeau en s'inclinant. Elle lui tendit la main, et ils se regardèrent sans dire un mot. Puis ils montèrent dans mon bateau et je pris les rames.

Ils étaient assis côte à côte, sur le banc d'arrière.

Le vieux parla le premier:

«Voilà un joli temps, pour une promenade en barque.»

Elle murmura:

«Oh! oui.»

Elle laissait traîner sa main dans le courant, effleurant l'eau de ses doigts, qui soulevaient un mince filet transparent, pareil à une lame de

verre. Cela faisait un bruit léger, un gentil cla-
pot, le long du canot.

Quand on fut dans le restaurant, elle retrouva
la parole, commanda le dîner : une friture, un
poulet et de la salade[1] ; puis elle nous entraîna
dans l'île, qu'elle connaissait parfaitement.

Alors elle fut gaie, gamine et même assez
moqueuse.

Jusqu'au dessert, il ne fut pas question d'amour.
J'avais offert du champagne, et le père Piquedent était gris. Un peu partie elle-même, elle
l'appelait :

« Monsieur Piquenez. »

Il dit tout à coup :

« Mademoiselle, M. Raoul vous a communiqué
mes sentiments. »

Elle devint sérieuse comme un juge.

« Oui, monsieur !

— Y répondez-vous ?

— On ne répond jamais à ces questions-là ! »

Il soufflait d'émotion et reprit :

« Enfin, un jour viendra-t-il où je pourrai vous
plaire ? »

Elle sourit :

« Gros bête ! Vous êtes très gentil.

— Enfin, mademoiselle, pensez-vous que plus
tard, nous pourrions… ? »

Elle hésita, une seconde ; puis d'une voix tremblante :

« C'est pour m'épouser que vous dites ça ? Car
jamais autrement, vous savez ?

— Oui, mademoiselle !

— Eh bien ! ça va, monsieur Piquenez ! »

C'est ainsi que ces deux étourneaux se pro-

mirent le mariage, par la faute d'un galopin.
Mais je ne croyais pas cela sérieux ; ni eux non
plus, peut-être. Une hésitation lui vint à elle :

« Vous savez, je n'ai rien, pas quatre sous. »

Il balbutia, car il était ivre comme Silène[1] :

« Moi, j'ai cinq mille francs d'économies. »

Elle s'écria triomphante :

« Alors nous pourrions nous établir ? »

Il devint inquiet :

« Nous établir quoi ?

— Est-ce que je sais, moi ? Nous verrons. Avec
cinq mille francs, on fait bien des choses. Vous
ne voulez pas que j'aille habiter dans votre pension, n'est-ce pas ? »

Il n'avait point prévu jusque-là, et il bégayait
fort perplexe :

« Nous établir quoi ? Ça n'est pas commode !
Moi je ne sais que le latin ! »

Elle réfléchissait à son tour, passant en revue
toutes les professions qu'elle avait ambitionnées.

« Vous ne pourriez pas être médecin ?

— Non, je n'ai pas de diplôme.

— Ni pharmacien ?

— Pas davantage. »

Elle poussa un cri de joie. Elle avait trouvé.

« Alors nous achèterons une épicerie ! Oh ! quelle
chance ! nous achèterons une épicerie ! Pas grosse
par exemple ; avec cinq mille francs on ne va pas
loin. »

Il eut une révolte :

« Non, je ne peux pas être épicier... Je suis... je
suis... je suis trop connu... Je ne sais que...
que... que le latin... moi... »

Mais elle lui enfonçait dans la bouche un verre plein de champagne. Il but et se tut.

Nous remontâmes dans le bateau. La nuit était noire, très noire. Je vis bien, cependant, qu'ils se tenaient par la taille et qu'ils s'embrassèrent plusieurs fois.

Ce fut une catastrophe épouvantable. Notre escapade, découverte, fit chasser le père Piquedent. Et mon père, indigné, m'envoya finir ma philosophie dans la pension Ribaudet.

Je passai mon bachot six semaines plus tard. Puis j'allai à Paris faire mon droit; et je ne revins dans ma ville natale qu'après deux ans.

Au détour de la rue du Serpent une boutique m'accrocha l'œil. On lisait: *Produits coloniaux Piquedent.* Puis dessous, afin de renseigner les plus ignorants: *Épicerie.*

Je m'écriai:

«*Quantum mutatus ab illo*[1]!»

Il leva la tête, lâcha sa cliente et se précipita sur moi les mains tendues.

«Ah! mon jeune ami, mon jeune ami, vous voici! Quelle chance! Quelle chance!»

Une belle femme, très ronde, quitta brusquement le comptoir et se jeta sur mon cœur. J'eus de la peine à la reconnaître tant elle avait engraissé.

Je demandai:

«Alors, ça va?»

Piquedent s'était remis à peser:

«Oh! très bien, très bien, très bien. J'ai gagné trois mille francs net, cette année!

— Et le latin, monsieur Piquedent?

— Oh! mon Dieu, le latin, le latin, le latin, voyez-vous, il ne nourrit pas son homme!»

Le Fermier [1]

Le baron René du Treilles m'avait dit :

«Voulez-vous venir faire l'ouverture de la chasse avec moi dans ma ferme de Marinville ? Vous me raviriez, mon cher. D'ailleurs, je suis tout seul. Cette chasse est d'un accès si difficile, et la maison où je couche si primitive que je n'y puis mener que des amis tout à fait intimes. »

J'avais accepté.

Nous partîmes donc le samedi par le chemin de fer, ligne de Normandie. À la station d'Alvimare [2] on descendit, et le baron René, me montrant un char à bancs campagnard attelé d'un cheval peureux que maintenait un grand paysan à cheveux blancs, me dit :

«Voici notre équipage, mon cher. »

L'homme tendit la main à son propriétaire, et le baron la serra vivement en demandant :

«Eh bien, maître Lebrument, ça va ?

— Toujou d'même, m'sieu l' baron. »

Nous montâmes dans cette cage à poulets suspendue et secouée sur deux roues démesurées. Et le jeune cheval, après un écart violent, partit au galop en nous projetant en l'air comme des balles; chaque retour sur le banc de bois me faisait un mal horrible.

Le paysan répétait de sa voix calme et monotone :

« Là, là, tout beau, tout beau, Moutard, tout beau. »

Mais Moutard n'écoutait guère et gambadait comme un chevreau.

Nos deux chiens, derrière nous, dans la partie vide de la cage, s'étaient dressés et reniflaient l'air des plaines où passaient des odeurs de gibier.

Le baron regardait au loin, d'un œil triste, la grande campagne normande, ondulante et mélancolique, pareille à un immense parc anglais, à un parc démesuré, où les cours des fermes entourées de deux ou quatre rangs d'arbres, et pleines de pommiers trapus qui font invisibles les maisons, dessinent à perte de vue les perspectives de futaies, de bouquets de bois et de massifs que cherchent les jardiniers artistes en traçant les lignes des propriétés princières. Et René du Treilles murmura soudain :

« J'aime cette terre; j'y ai mes racines. »

C'était un Normand pur, haut et large, un peu ventru, de la vieille race des aventuriers qui allaient fonder des royaumes sur le rivage de tous les océans[1]. Il avait environ cinquante ans, dix ans de moins peut-être que le fermier qui nous conduisait. Celui-là était un maigre, un paysan tout en os couverts de peau sans chair, un de ces hommes qui vivent un siècle.

Après deux heures de route par des chemins pierreux, à travers cette plaine verte et toujours pareille, la guimbarde entra dans une de ces cours à pommiers, et elle s'arrêta devant un vieux bâtiment délabré où une vieille servante attendait à côté d'un jeune gars qui saisit le cheval.

On entra dans la ferme. La cuisine enfumée était haute et vaste. Les cuivres et les faïences brillaient, éclairés par les reflets de l'âtre. Un chat dormait sur une chaise ; un chien dormait sous la table. On sentait, là-dedans, le lait, la pomme, la fumée, et cette odeur innommable des vieilles maisons paysannes, odeur du sol, des murs, des meubles, odeur des vieilles soupes répandues, des vieux lavages et des vieux habitants, odeur des bêtes et des gens mêlés, des choses et des êtres, odeur du temps, du temps passé.

Je ressortis pour regarder la cour. Elle était très grande, pleine de pommiers antiques, trapus et tortus, et couverts de fruits, qui tombaient dans l'herbe, autour d'eux. Dans cette cour, le parfum normand des pommes était aussi violent que celui des orangers fleuris sur les rivages du Midi.

Quatre lignes de hêtres entouraient cette enceinte. Ils étaient si hauts qu'ils semblaient atteindre les nuages, à cette heure de nuit tombante, et leurs têtes, où passait le vent du soir, s'agitaient et chantaient une plainte interminable et triste.

Je rentrai. Le baron se chauffait les pieds et écoutait son fermier parler des choses du pays. Il racontait les mariages, les naissances, les morts, puis la baisse des grains et les nouvelles du bétail. La Veularde (une vache achetée à Veules[1]) avait fait son veau à la mi-juin. Le cidre n'avait pas été fameux, l'an dernier. Les pommes d'abricot[1] continuaient à disparaître de la contrée.

Puis on dîna. Ce fut un bon dîner de campagne, simple et abondant, long et tranquille. Et, tout le temps du repas, je remarquai l'espèce particulière d'amicale familiarité qui m'avait frappé, d'abord, entre le baron et le paysan.

Au-dehors, les hêtres continuaient à gémir sous les poussées du vent nocturne, et nos deux chiens, enfermés dans une étable, pleuraient et hurlaient d'une façon sinistre. Le feu s'éteignit dans la grande cheminée. La servante était partie se coucher. Maître Lebrument dit à son tour:

«Si vous permettez, m'sieu le baron, j' vas m' mette au lit. J'ai pas coutume d' veiller tard, mé.»

Le baron lui tendit la main et lui dit: «Allez, mon ami», d'un ton si cordial, que je demandai, dès que l'homme eut disparu:

«Il vous est très dévoué, ce fermier?

— Mieux que cela, mon cher, c'est un drame, un vieux drame tout simple et très triste qui m'attache à lui. Voici d'ailleurs cette histoire…»

*

Vous savez que mon père fut colonel de cavalerie. Il avait eu comme ordonnance ce garçon, aujourd'hui un vieillard, fils d'un fermier. Puis quand mon père donna sa démission, il reprit comme domestique ce soldat qui avait environ quarante ans. Moi, j'en avais trente. Nous habitions alors en notre château de Valrenne[2], près de Caudebec-en-Caux.

En ce temps-là, la femme de chambre de ma

mère était une des plus jolies filles qu'on pût voir, blonde, éveillée, vive, mince, une vraie soubrette, l'ancienne soubrette disparue à présent. Aujourd'hui, ces créatures-là deviennent tout de suite des filles. Paris, au moyen des chemins de fer, les attire, les appelle, les prend dès qu'elles s'épanouissent, ces petites gaillardes qui restaient jadis de simples servantes. Tout homme qui passe, comme autrefois les sergents recruteurs cherchant des conscrits, les embauche et les débauche, ces fillettes, et nous n'avons plus comme bonnes que le rebut de la race femelle, tout ce qui est épais, vilain, commun, difforme, trop laid pour la galanterie.

Donc cette fille était charmante, et je l'embrassais quelquefois dans les coins sombres. Rien de plus; oh! rien de plus, je vous le jure. Elle était honnête, d'ailleurs; et moi je respectais la maison de maman, ce que ne font plus guère les polissons d'aujourd'hui.

Or, il arriva que le valet de chambre de papa, l'ancien troupier, le vieux fermier que vous venez de voir, devint amoureux fou de cette fille, mais amoureux comme on ne l'est pas. D'abord, on s'aperçut qu'il oubliait tout, qu'il ne pensait plus à rien.

Mon père lui répétait sans cesse:

«Voyons, Jean, qu'est-ce que tu as? Es-tu malade?»

Il répondait:

«Non, non, m'sieu le Baron. J'ai rien.»

Il maigrit; puis il cassa des verres en servant à table et laissa tomber des assiettes. On le pensa atteint d'un mal nerveux et on fit venir le médecin, qui crut remarquer les symptômes d'une affection de la moelle épinière. Alors, mon père, plein de sollicitude pour son serviteur, se décida à l'envoyer dans une maison de santé. L'homme, à cette nouvelle, avoua.

Il choisit un matin, pendant que son maître se rasait, et, d'une voix timide :

« M'sieu l' Baron...

— Mon garçon.

— C' qui m' faudrait, voyez-vous, c'est point des drogues.

— Ah ! Quoi donc ?

— C'est l' mariage ! »

Mon père stupéfait se retourna :

« Tu dis ? tu dis ?... hein ?

— C'est l' mariage.

— Le mariage ? Tu es donc, tu es donc... amoureux... animal ?

— C'est ça, m'sieu l' Baron. »

Et mon père se mit à rire d'une façon si immodérée, que ma mère cria à travers le mur :

« Qu'est-ce que tu as donc, Gontran ? »

Il répondit :

« Viens ici, Catherine. »

Et quand elle fut entrée, il lui raconta, avec des larmes de gaieté plein les yeux, que son imbécile de valet était tout bêtement malade d'amour.

Au lieu de rire, maman fut attendrie.

« Qui est-ce que tu aimes comme ça, mon garçon ? »

Il déclara, sans hésiter :

« C'est Louise, madame la Baronne. »

Et maman reprit avec gravité :

«Nous allons tâcher d'arranger ça pour le mieux.»

Louise fut donc appelée et interrogée par ma mère; et elle répondit qu'elle savait très bien la flamme de Jean, que Jean s'était déclaré plusieurs fois, mais qu'elle ne voulait point de lui. Elle refusa de dire pourquoi.

Et deux mois se passèrent, pendant lesquels papa et maman ne cessèrent de presser cette fille d'épouser Jean. Comme elle jurait n'aimer personne autre, elle ne pouvait apporter aucune raison sérieuse à son refus. Papa, enfin, vainquit sa résistance par un gros cadeau d'argent; et on les établit, comme fermiers, sur la terre où nous sommes aujourd'hui. Ils quittèrent le château, et je ne les vis plus pendant trois ans.

Au bout de trois ans, j'appris que Louise était morte de la poitrine. Mais mon père et ma mère moururent à leur tour, et je fus encore deux ans sans me trouver en face de Jean.

Enfin, un automne, vers la fin d'octobre, l'idée me vint d'aller chasser sur cette propriété, gardée avec soin, et que mon fermier m'affirmait être très giboyeuse.

J'arrivai donc, un soir, dans cette maison, un soir de pluie. Je fus stupéfait de trouver l'ancien soldat de mon père avec des cheveux tout blancs, bien qu'il n'eût pas plus de quarante-cinq ou six ans.

Je le fis dîner en face de moi, à cette table où nous sommes. Il pleuvait à verse. On entendait l'eau battre le toit, les murs et les vitres, ruisseler en déluge dans la cour, et mon chien hurlait dans l'étable, comme font les nôtres, ce soir.

Tout à coup, après que la servante fut partie se coucher, l'homme murmura :

« M'sieu l' Baron...

— Quoi, maître Jean ?

— J'ai d' quoi à vous dire.

— Dites, maître Jean.

— C'est qu' ça... qu' ça m' chiffonne.

— Dites toujours.

— Vous vous rappelez ben Louise, ma femme ?

— Certainement que je me la rappelle.

— Eh ben, alle m'a chargé d'eune chose pour vous.

— Quelle chose ?

— Eune... eune... comme qui dirait eune confession...

— Ah !... quoi donc ?

— C'est... c'est... j'aimerais ben pas vous l' dire tout d' même... mais i faut... i faut... eh ben... c'est pas d' la poitrine qu'alle est morte... c'est... c'est... d' chagrin... v'là la chose au long, pour finir.

» Dès qu'alle fut ici, alle maigrit, alle changea, qu'alle n'était pu r'connaissable, au bout d'six mois, pu r'connaissable, m'sieu l' Baron. C'était tout comme mé avant d' l'épouser, seulement que c'était l'opposé, tout l'opposé.

» J'fis v'nir l' médecin. Il dit qu'alle avait eune maladie d' foie, eune... eune... apatique[1]. Alors j'achetai des drogues, des drogues, des drogues pour pu de trois cents francs. Mais alle n' voulait point les prendre, alle ne voulait point ; alle disait :

» "Pas la peine, mon pauvre Jean. Ça n' s'ra rien."

» Mé, j' véyais ben qu'y avait du bobo, au fond.

Et pis que je la trouvai pleurant, eune fois; je savais pu que faire, non, je savais pu. J'y achetai des bonnets, des robes, des pommades pour les cheveux, des bouques d'oreilles. Rien n'y fit. Et j' compris qu'alle allait mourir.

» V'là qu'un soir, fin novembre, un soir de neige, qu'alle avait pas quitté son lit d' la journée, alle me dit d'aller quérir l' curé. J'y allai.

» Dès qu'i fut venu:

» "Jean, qu'alle me dit, j' vas te faire ma confession. Je te la dois. Écoute, Jean. Je t'ai jamais trompé, jamais. Ni avant ni après le mariage, jamais. M'sieu le curé est là pour l' dire, li qui connaît mon âme. Eh ben, écoute, Jean, si j' meurs, c'est parce que j'ai pas pu m' consoler d'être pu au château, parce j'avais trop… trop d'amitié pour m'sieu l' baron René… Trop d'amitié, t'entends, rien que d' l'amitié. Ça m' tue. Quand je l'ai pu vu, j'ai senti que j' mourrais. Si je l'avais vu, j'aurais existé; seulement vu, rien de pu. J' veux que tu li dises, un jour, plus tard, quand j' serai pu là. Tu li diras. Jure-le… jure-le… Jean, d'vant m'sieur l' curé. Ça m' consolera d' savoir qu'il l' saura un jour, que j' suis morte de ça… v'là… jure-le…"

» Mé j'ai promis, m'sieu l' Baron. Et j'ai tenu ma parole, foi d'honnête homme. »

Et il se tut, les yeux dans les miens.

Cristi! mon cher, vous n'avez pas idée de l'émotion qui m'a saisi en entendant ce pauvre diable, dont j'avais tué la femme sans m'en douter, me le raconter comme ça, par cette nuit de pluie, dans cette cuisine.

Je balbutiais :

«Mon pauvre Jean! mon pauvre Jean!»

Il murmura :

«V'là la chose, m'sieu le Baron. J'y pouvons rien, ni l'un... ni l'autre... C'est fait...»

Je lui pris les mains à travers la table, et je me mis à pleurer.

Il demanda :

«Voulez-vous v'nir à la tombe?»

Je fis : «Oui» de la tête, ne pouvant plus parler.

Il se leva, alluma une lanterne, et nous voici partis à travers la pluie, dont notre lumière éclairait brusquement les gouttes obliques, rapides comme des flèches.

Il ouvrit une porte, et je vis des croix de bois noir.

Il dit soudain : «C'est là», devant une plaque de marbre, et posa dessus sa lanterne afin que je pusse lire l'inscription :

À LOUISE HORTENSE MARINET
Femme de Jean-François Lebrument
cultivateur
ELLE FUT FIDÈLE ÉPOUSE.
QUE DIEU AIT SON ÂME!

Nous étions à genoux dans la boue, lui et moi, avec la lanterne entre nous, et je regardais la pluie frapper le marbre blanc, rebondir en poussière d'eau, puis s'écrouler par les quatre bords de la pierre impénétrable et froide. Et je pensais au cœur de celle qui était morte... Oh! pauvre cœur! pauvre cœur!...

. . . .

. . . .

Depuis lors, je reviens ici, tous les ans. Et je ne sais pourquoi, je me sens troublé comme un coupable devant cet homme qui a toujours l'air de me pardonner.

Cri d'alarme [1]

J'ai reçu la lettre suivante. Pensant qu'elle peut être profitable à beaucoup de lecteurs, je m'empresse de la leur communiquer.

Paris, 15 novembre 1886.

Monsieur,

Vous traitez souvent soit par des contes, soit par des chroniques, des sujets qui ont trait à ce que j'appellerai «la morale courante». Je viens vous soumettre des réflexions qui doivent, me semble-t-il, vous servir pour un article.

Je ne suis pas marié, je suis garçon, et un peu naïf, à ce qu'il paraît. Mais j'imagine que beaucoup d'hommes, que la plupart des hommes sont naïfs à ma façon. Étant toujours ou presque toujours de bonne foi, je sais mal distinguer les astuces naturelles de mes voisins, et je vais devant moi, les yeux ouverts, sans regarder assez derrière les choses et derrière les attitudes.

Nous sommes habitués, presque tous, à prendre généralement les apparences pour les réalités, et à tenir les gens pour ce qu'ils se donnent; et bien peu possèdent ce flair qui fait deviner à certains hommes la nature réelle et cachée des autres. Il résulte de là, de cette optique particulière et conventionnelle appliquée à la vie, que nous passons comme des taupes au milieu des événements; que nous ne croyons jamais à ce qui est, mais à ce qui semble être; que nous crions à l'invraisemblance dès qu'on montre le fait derrière le voile, et que tout ce qui déplaît à notre morale idéaliste est classé par nous comme exception, sans que nous nous rendions compte que l'ensemble de ces exceptions forme presque la totalité des cas; il en résulte encore que les bons crédules, comme moi, sont dupés par tout le monde, et principalement par les femmes, qui s'y entendent.

Je suis parti de loin pour en venir au fait particulier qui m'intéresse.

J'ai une maîtresse, une femme mariée. Comme beaucoup d'autres, je m'imaginais bien entendu, être tombé sur une exception, sur une petite femme malheureuse, trompant pour la première fois son mari. Je lui avais fait, ou plutôt je croyais lui avoir fait longtemps la cour, l'avoir vaincue à force de soins et d'amour, avoir triomphé à force de persévérance. J'avais employé en effet mille précautions, mille adresses, mille lenteurs délicates pour arriver à la conquérir.

Or, voici ce qui m'est arrivé la semaine dernière.

Son mari était absent pour quelques jours, elle me demanda de venir dîner chez moi, en garçon, servie par moi pour éviter même la présence d'un domestique. Elle avait une idée fixe qui la poursuivait depuis quatre ou cinq mois, elle voulait se griser, mais se griser tout à fait, sans rien craindre, sans avoir à rentrer, à parler à sa femme de chambre, à marcher devant témoins. Souvent elle avait obtenu ce qu'elle appelait un «trouble gai» sans aller plus loin, et elle trouvait cela délicieux. Donc elle s'était promis de se griser une fois, une fois seulement, mais bien. Elle raconta chez elle qu'elle allait passer vingt-quatre heures chez des amis, près de Paris, et elle arriva chez moi à l'heure du dîner.

Une femme, naturellement, ne doit se griser qu'avec du champagne frappé. Elle en but un grand verre à jeun, et, avant les huîtres, elle commençait à divaguer.

Nous avions un dîner froid tout préparé sur une table derrière moi. Il me suffisait d'étendre le bras pour prendre les plats ou les assiettes et je servais tant bien que mal en l'écoutant bavarder.

Elle buvait coup sur coup, poursuivie par son idée fixe. Elle commença par me faire des confidences anodines et interminables sur ses sensations de jeune fille. Elle allait, elle allait, l'œil un peu vague, brillant, la langue déliée ; et ses idées légères se déroulaient interminablement comme ces bandes de papier bleu des télégraphistes, qui font marcher toute seule leur bobine et semblent sans fin, et s'allongent toujours au petit bruit de l'appareil électrique qui les couvre de mots inconnus.

De temps en temps elle me demandait :

«Est-ce que je suis grise ?

— Non, pas encore.»

Et elle buvait de nouveau.

Elle le fut bientôt. Non pas grise à perdre le

sens, mais grise à dire la vérité, à ce qu'il me sembla.

Aux confidences sur ses émotions de jeune fille succédèrent des confidences plus intimes sur son mari. Elle me les fit complètes, gênantes à savoir, sous ce prétexte, cent fois répété : «Je peux bien te dire tout, à toi... À qui est-ce que je dirais tout, si ce n'est à toi?» Je sus donc toutes les habitudes, tous les défauts, toutes les manies et les goûts les plus secrets de son mari.

Et elle me demandait en réclamant une approbation : «Est-il bassin[1]?... dis-moi, est-il bassin?... Crois-tu qu'il m'a rasée... hein?... Aussi, la première fois que je t'ai vu, je me suis dit : "Tiens, il me plaît, celui-là, je le prendrai pour amant." C'est alors que tu m'as fait la cour.»

Je dus lui montrer une tête bien drôle, car elle le vit malgré l'ivresse; et elle se mit à rire aux éclats : «Ah!... grand serin, dit-elle, en as-tu pris des précautions... mais quand on nous fait la cour, gros bête... c'est que nous voulons bien... et alors il faut aller vite, sans quoi on nous laisse attendre... Faut-il être niais pour ne pas comprendre, seulement à voir notre regard, que nous disons : "Oui." Ah! je crois que je t'ai attendu, dadais! Je ne savais pas comment m'y prendre, moi, pour te faire comprendre que j'étais pressée... Ah! bien oui... des fleurs... des vers... des compliments... encore des fleurs... et puis rien... de plus... J'ai failli te lâcher, mon bon, tant tu étais long à te décider. Et dire qu'il y a la moitié des hommes comme toi, tandis que l'autre moitié... Ah!... ah!... ah!...»

Ce rire me fit passer un frisson dans le dos.

Je balbutiai: «L'autre moitié... alors l'autre moitié?...»

Elle buvait toujours, les yeux noyés par le vin clair, l'esprit poussé par ce besoin impérieux de dire la vérité qui saisit parfois les ivrognes.

Elle reprit: «Ah! l'autre moitié va vite... trop vite... mais ils ont raison ceux-là tout de même. Il y a des jours où ça ne leur réussit pas, mais il y a aussi des jours où ça leur rapporte, malgré tout.

» Mon cher... si tu savais... comme c'est drôle... deux hommes!... Vois-tu, les timides, comme toi, ça n'imaginerait jamais comment sont les autres... et ce qu'ils font... tout de suite... quand ils se trouvent seuls avec nous... Ce sont des risque-tout!... Ils ont des gifles... c'est vrai... mais qu'est-ce que ça leur fait... ils savent bien que nous ne bavarderons jamais. Ils nous connaissent bien, eux...»

Je la regardais avec des yeux d'Inquisiteur et avec une envie folle de la faire parler, de savoir tout. Combien de fois je me l'étais posée, cette question: «Comment se comportent les autres hommes avec les femmes, avec nos femmes?» Je sentais bien, rien qu'à voir dans un salon, en public, deux hommes parler à la même femme, que ces deux hommes, se trouvant l'un après l'autre en tête à tête avec elle, auraient une allure toute différente, bien que la connaissant au même degré. On devine du premier coup d'œil que certains êtres, doués naturellement pour séduire ou seulement plus dégourdis, plus hardis que nous, arrivent, en une heure de causerie avec une femme qui leur plaît, à un degré d'intimité que nous n'atteignons pas en un an. Eh bien, ces hommes-là, ces séducteurs, ces entreprenants ont-ils, quand l'occasion s'en présente, des audaces de mains et de lèvres qui nous paraîtraient à nous, les tremblants, d'odieux outrages, mais que les femmes peut-être considèrent seulement comme de l'effronterie pardonnable, comme d'indécents hommages à leur irrésistible grâce?

Je lui demandai donc: «Il y en a qui sont très inconvenants, n'est-ce pas, des hommes?»

Elle se renversa sur sa chaise pour rire plus à son aise, mais d'un rire énervé, malade, un de ces rires qui tournent en attaques de nerfs; puis, un peu calmée, elle reprit: «Ah! ah! mon cher, inconvenants?... c'est-à-dire qu'ils osent tout... tout de suite... tout... tu entends... et bien d'autres choses encore...»

Je me sentis révolté comme si elle venait de me révéler une chose monstrueuse.

«Et vous permettez ça, vous autres?...

— Non... nous ne permettons pas... nous giflons... mais ça nous amuse tout de même... Ils sont bien plus amusants que vous ceux-là!... Et puis avec eux on a toujours peur, on n'est jamais tranquille... et c'est délicieux d'avoir peur... peur de ça surtout. Il faut les surveiller tout le temps... c'est comme si on se battait en duel... On regarde dans leurs yeux où sont leurs pensées, et où vont leurs mains. Ce sont des goujats, si tu veux, mais ils nous aiment bien mieux que vous!...»

Une sensation singulière et imprévue m'envahissait. Bien que garçon, et résolu à rester garçon, je me sentis tout à coup l'âme d'un mari

devant cette impudente confidence. Je me sentis l'ami, l'allié, le frère de tous ces hommes
confiants et qui sont, sinon volés, du moins frau-
dés par tous ces écumeurs de corsages.

C'est encore à cette bizarre émotion que j'obéis
en ce moment, en vous écrivant, monsieur, et en
vous priant de jeter pour moi un cri d'alarme
vers la grande armée des époux tranquilles.

Cependant des doutes me restaient, cette
femme était ivre et devait mentir.

Je repris : « Comment est-ce que vous ne racon-
tez jamais ces aventures-là à personne, vous
autres ? »

Elle me regarda avec une pitié profonde et
si sincère que je la crus, pendant une minute,
dégrisée par l'étonnement.

« Nous... Mais que tu es bête, mon cher ! Est-ce
qu'on parle jamais de ça... Ah ! ah ! ah ! Est-ce
que ton domestique te raconte ses petits profits,
le sou du franc[1], et les autres ? Eh bien, ça, c'est
notre sou du franc. Le mari ne doit pas se
plaindre, quand nous n'allons point plus loin.
Mais que tu es bête !... Parler de ça, ce serait
donner l'alarme à tous les niais ! Mais que tu es
bête !... Et puis, quel mal ça fait-il, du moment
qu'on ne cède pas ! »

Je demandai encore, très confus :

« Alors, on t'a souvent embrassée ? »

Elle répondit avec un air de mépris souverain
pour l'homme qui en pouvait douter : « Parbleu...
mais toutes les femmes ont été embrassées souvent... Essaie avec n'importe qui, pour voir, toi,
gros serin. Tiens, embrasse Mme de X..., elle est,
toute jeune, très honnête... Embrasse, mon ami...

embrasse… et touche… tu verras… tu verras…
Ah! ah! ah!…»

. . . .

Tout à coup elle jeta son verre plein dans le
lustre. Le champagne retomba en pluie, éteignit
trois bougies, tacha les tentures, inonda la table,
tandis que le cristal brisé s'éparpillait dans ma
salle à manger. Puis elle voulut saisir la bouteille
pour en faire autant, je l'en empêchai ; alors elle
se mit à crier, d'une voix suraiguë… et l'attaque
de nerfs arriva… comme je l'avais prévu…

. . . .

Quelques jours plus tard, je ne pensais plus
guère à cet aveu de femme grise, quand je me
trouvai, par hasard, en soirée avec cette Mme de
X… que ma maîtresse m'avait conseillé d'embrasser. Habitant le même quartier qu'elle, je lui
proposai de la reconduire à sa porte, car elle
était seule, ce soir-là. Elle accepta.

Dès que nous fûmes en voiture, je me dis :
«Allons, il faut essayer», mais je n'osai pas. Je ne
savais comment débuter, comment attaquer.

Puis tout à coup j'eus le courage désespéré des
lâches. Je lui dis :

«Comme vous étiez jolie, ce soir.»

Elle répondit en riant :

«Ce soir était donc une exception, puisque
vous l'avez remarqué pour la première fois ?»

Je restais déjà sans réponse. La guerre galante
ne me va point décidément. Je trouvai ceci, pourtant, après un peu de réflexion :

«Non, mais je n'ai jamais osé vous le dire.»

Elle fut étonnée :

«Pourquoi ?

— Parce que c'est... c'est un peu difficile.

— Difficile de dire à une femme qu'elle est jolie? Mais d'où sortez-vous? On doit toujours le dire... même quand on ne le pense qu'à moitié... parce que ça nous fait toujours plaisir à entendre...»

Je me sentis animé tout à coup d'une audace fantastique, et, la saisissant par la taille, je cherchai sa bouche avec mes lèvres.

Cependant je devais trembler, et ne pas lui paraître si terrible. Je dus aussi combiner et exécuter fort mal mon mouvement, car elle ne fit que tourner la tête pour éviter mon contact, en disant: «Oh! mais non... c'est trop... c'est trop... Vous allez trop vite... prenez garde à ma coiffure... On n'embrasse pas une femme qui porte une coiffure comme la mienne!...»

J'avais repris ma place, éperdu, désolé de cette déroute. Mais la voiture s'arrêtait devant sa porte. Elle descendit, me tendit la main, et, de sa voix la plus gracieuse: «Merci de m'avoir ramenée, cher monsieur..., et n'oubliez pas mon conseil.»

Je l'ai revue trois jours plus tard. Elle avait tout oublié.

Et moi, monsieur, je pense sans cesse aux autres... aux autres... à ceux qui savent compter avec les coiffures et saisir toutes les occasions...

. . . .

Je livre cette lettre, sans y rien ajouter, aux réflexions des lectrices et des lecteurs, mariés ou non.

Étrennes [1]

Jacques de Randal, ayant dîné seul chez lui,
dit à son valet de chambre qu'il pouvait sortir et
il s'assit devant sa table pour écrire des lettres.

Il finissait ainsi toutes les années, seul, écrivant et rêvassant. Il faisait pour lui une sorte de
revue des choses passées depuis le dernier jour
de l'an, des choses finies, des choses mortes ; et
à mesure que surgissaient devant ses yeux les
visages de ses amis, il leur écrivait quelques
lignes, un bonjour cordial du 1er janvier.

Donc il s'assit, ouvrit un tiroir, prit dedans une
photographie de femme, la regarda quelques
secondes, et la baisa. Puis, l'ayant posée à côté
de sa feuille de papier, il commença :

« Ma chère Irène, vous avez dû recevoir tantôt
le petit souvenir que j'adresse à la femme ; je me
suis enfermé ce soir, pour vous dire... »

La plume resta immobile. Jacques se leva et se
mit à marcher.

Depuis dix mois il avait une maîtresse, non
point une maîtresse comme les autres, une femme

à aventures, du monde du théâtre ou de la rue, mais une femme qu'il avait aimée et conquise. Il n'était plus un jeune homme, bien qu'il fût encore un homme jeune, et il regardait la vie sérieusement en esprit positif et pratique.

Donc il se mit à faire le bilan de sa passion comme il faisait, chaque année, la balance des amitiés disparues ou nouvelles, des faits et des gens entrés dans son existence.

Sa première ardeur d'amour s'étant calmée, il se demanda, avec une précision de commerçant qui compte, quel était l'état de son cœur pour elle, et il tâcha de deviner ce qu'il serait dans l'avenir.

Il y trouva une grande et profonde affection, faite de tendresse, de reconnaissance et des mille attaches menues d'où naissent les longues et fortes liaisons.

Un coup de sonnette le fit sauter. Il hésita. Ouvrirait-il? Mais il se dit qu'il faut toujours ouvrir, en cette nuit du nouvel an, ouvrir à l'Inconnu qui passe et frappe, quel qu'il soit.

Il prit donc une bougie, traversa l'antichambre, ôta les verrous, tourna la clef, attira la porte à lui et aperçut sa maîtresse debout, pâle comme une morte, les mains appuyées au mur.

Il balbutia:

« Qu'avez-vous? »

Elle répondit:

« Tu es seul?

— Oui.

— Sans domestiques?

— Oui.

— Tu n'allais pas sortir?

— Non. »

Elle entra, en femme qui connaît la maison. Dès qu'elle fut dans le salon, elle s'affaissa sur le divan, et couvrant son visage de ses mains, se mit à pleurer affreusement.

Il s'était agenouillé devant elle, s'efforçant d'écarter ses bras, de voir ses yeux et répétant : « Irène, Irène, qu'avez-vous ? Je vous en supplie, dites-moi ce que vous avez ? »

Alors elle murmura, au milieu des sanglots : « Je ne puis plus vivre ainsi. »

Il ne comprenait pas.

« Vivre ainsi ?... Comment ?...

— Oui. Je ne peux plus vivre ainsi... chez moi... Tu ne sais pas... je ne te l'ai jamais dit... C'est affreux... Je ne peux plus... je souffre trop... Il m'a frappée tantôt...

— Qui... ton mari ?

— Oui... mon mari.

— Ah !... »

Il s'étonnait, n'ayant jamais soupçonné que ce mari pût être brutal. C'était un homme du monde, du meilleur, un homme de cercle, de cheval, de coulisses et d'épée ; connu, cité, apprécié partout, ayant des manières fort courtoises, un esprit fort médiocre, l'absence d'instruction et d'intelligence réelle indispensable pour penser comme tous les gens bien élevés, et le respect de tous les préjugés comme il faut.

Il paraissait s'occuper de sa femme comme on doit le faire entre personnes riches et bien nées. Il s'inquiétait suffisamment de ses désirs, de sa santé, de ses toilettes, et la laissait parfaitement libre d'ailleurs.

Randal, devenu l'ami d'Irène, avait droit à la poignée de main affectueuse que tout mari qui sait vivre doit aux familiers de sa femme. Puis quand Jacques, après avoir été quelque temps l'ami, devint l'amant, ses relations avec l'époux furent plus cordiales, comme il convient.

Jamais il n'avait vu ou deviné des orages dans cette maison, et il demeurait effaré devant cette révélation inattendue.

Il demanda :

« Comment cela est-il arrivé, dis-moi ? »

Alors elle raconta une longue histoire, toute l'histoire de sa vie, depuis le jour de son mariage. La première désunion née d'un rien, puis s'accentuant de tout l'écart qui grandissait chaque jour entre deux caractères opposés.

Puis étaient venues des querelles, une séparation complète, non apparente, mais effective, puis son mari s'était montré agressif, ombrageux, violent. Maintenant il était jaloux, jaloux de Jacques, et, ce jour-là même, après une scène, il l'avait frappée.

Elle ajouta avec fermeté : « Je ne rentrerai plus chez lui. Fais de moi ce que tu voudras. »

Jacques s'était assis en face d'elle, leurs genoux se touchant. Il lui prit les mains :

« Ma chère amie, vous allez faire une grosse, une irréparable sottise. Si vous voulez quitter votre mari, mettez les torts de son côté, de telle sorte que votre situation de femme, de femme du monde irréprochable, reste sauve. »

Elle demanda en lui jetant un coup d'œil inquiet :

« Alors, que me conseilles-tu ?

— De rentrer chez vous, et d'y supporter la vie jusqu'au jour où vous pourrez obtenir soit une séparation, soit un divorce, avec les honneurs de la guerre.

— N'est-ce pas un peu lâche, ce que vous me conseillez là?

— Non, c'est sage et raisonnable. Vous avez une haute situation, un nom à sauvegarder, des amis à conserver et des parents à ménager. Il ne faut point l'oublier et perdre tout cela par un coup de tête. »

Elle se leva, et, avec violence: «Eh bien, non, je ne peux plus, c'est fini, c'est fini, c'est fini!»

Puis, posant ses deux mains sur les épaules de son amant et le regardant au fond des yeux:

«M'aimes-tu?

— Oui.

— Bien vrai?

— Oui.

— Alors, garde-moi.»

Il s'écria:

«Te garder? Chez moi? Ici? Mais tu es folle! ce serait te perdre à tout jamais; te perdre sans retour! Tu es folle!»

Elle reprit, lentement, avec gravité, en femme qui sent le poids de ses paroles:

«Écoutez, Jacques. Il m'a défendu de vous revoir et je ne jouerai pas cette comédie de venir chez vous en cachette. Il faut, ou me perdre, ou me prendre.

— Ma chère Irène, dans ce cas-là, obtenez votre divorce et je vous épouserai.

— Oui, vous m'épouserez dans... deux ans au plus tôt[1]. Vous avez la tendresse patiente.

— Voyons, réfléchissez. Si vous demeurez ici, il vous reprendra demain, puisqu'il est votre mari, puisqu'il a pour lui le droit et la loi.

— Je ne vous demandais pas de me garder chez vous, Jacques, mais de m'emmener n'importe où. Je croyais que vous m'aimiez assez pour cela. Je me suis trompée. Adieu. »

Elle se retourna et partit vers la porte, si vite qu'il la saisit seulement quand elle sortait du salon.

« Écoutez, Irène... »

Elle se débattait, ne voulant plus rien entendre, les yeux pleins de larmes et balbutiant : « Laissez-moi... Laissez-moi... Laissez-moi... »

Il la fit asseoir de force et s'agenouilla de nouveau devant elle, puis il tâcha, en accumulant les raisons et les conseils, de lui faire comprendre la folie et l'affreux danger de son projet. Il n'oublia rien de ce qu'il fallait dire pour la convaincre, cherchant, dans sa tendresse même, des motifs de persuasion.

Comme elle restait muette et glacée, il la pria, la supplia de l'écouter, de le croire, de suivre son avis.

Lorsqu'il eut fini de parler, elle répondit seulement :

« Êtes-vous disposé à me laisser partir, maintenant ? Lâchez-moi, que je puisse me lever.

— Voyons, Irène...

— Voulez-vous me lâcher ?

— Irène... votre résolution est irrévocable ?

— Voulez-vous me lâcher !

— Dites-moi seulement si votre résolution, si

votre folle résolution que vous regretterez amè-
rement est irrévocable?

— Oui… Lâchez-moi.

— Alors, reste. Tu sais bien que tu es chez toi
ici. Nous partirons demain matin. »

Elle se leva malgré lui, et, durement :

« Non. Il est trop tard. Je ne veux pas de sacrifice, je ne veux pas de dévouement.

— Reste. J'ai fait ce que je devais faire, j'ai dit
ce que je devais dire. Je ne suis plus responsable
envers toi. Ma conscience est tranquille. Exprime
tes désirs et j'obéirai. »

Elle se rassit, le regarda longtemps, puis
demanda, d'une voix très calme :

« Alors, explique.

— Quoi ? Que veux-tu que j'explique ?

— Tout… Tout ce que tu as pensé pour changer comme ça de résolution. Moi, alors, je verrai
ce que je dois faire.

— Mais je n'ai rien pensé du tout. Je devais te
prévenir que tu allais accomplir une folie. Tu
persistes, je demande ma part de cette folie, et
même je l'exige.

— Ça n'est pas naturel de changer d'avis si
vite.

— Écoute, ma chère amie. Il ne s'agit ici ni de
sacrifice ni de dévouement. Le jour où j'ai compris que je t'aimais, je me suis dit ceci, que tous
les amoureux devraient se dire dans le même
cas :

» "L'homme qui aime une femme, qui s'efforce
de la conquérir, qui l'obtient et qui la prend,
contracte vis-à-vis de lui-même et vis-à-vis d'elle
un engagement sacré. Il s'agit, bien entendu,

d'une femme comme vous, et non d'une femme au cœur ouvert, au cœur facile."

» Le mariage, qui a une grande valeur sociale, une grande valeur légale, ne possède à mes yeux qu'une très légère valeur morale, étant donné les conditions où il a lieu généralement.

» Donc, quand une femme, attachée par ce lien juridique, mais qui n'aime pas son mari, qui ne peut l'aimer, dont le cœur est libre, rencontre un homme qui lui plaît, et se donne à lui, quand un homme sans liaison prend une femme ainsi, je dis qu'ils s'engagent l'un vis-à-vis de l'autre, de par ce mutuel et libre consentement, bien plus que par le "oui" murmuré devant l'écharpe du maire.

» Je dis que, s'ils sont tous deux gens d'honneurs, leur union doit être plus intime, plus forte, plus saine que si tous les sacrements l'avaient consacrée.

» Cette femme risque tout. Et c'est justement parce qu'elle le sait, parce qu'elle donne tout, son cœur, son corps, son âme, son honneur, sa vie, parce qu'elle a prévu toutes les misères, tous les dangers, toutes les catastrophes, parce qu'elle ose un acte hardi, un acte intrépide, parce qu'elle est préparée, décidée à tout braver, son mari qui peut la tuer et le monde qui peut la rejeter, c'est pour cela qu'elle est respectable dans son infidélité conjugale, c'est pour cela que son amant, en la prenant, doit avoir aussi tout prévu, et la préférer à tout, quoi qu'il arrive. Je n'ai plus rien à dire. J'ai parlé d'abord en homme sage qui devait vous prévenir, il ne reste plus en moi qu'un homme, celui qui vous aime. Ordonnez. »

Radieuse, elle lui ferma la bouche avec ses lèvres, elle lui dit tout bas :

« Ce n'était pas vrai, chéri, il n'y a rien, mon mari ne se doute de rien. Mais je voulais voir, je voulais savoir ce que tu ferais, je voulais des... des étrennes... celles de ton cœur... d'autres étrennes que le collier de tantôt. Tu me les as données. Merci... merci... Dieu que je suis contente ! »

Après [1]

« Mes chéris, dit la comtesse, il faut aller vous coucher. »

Les trois enfants, filles et garçon, se levèrent, et ils allèrent embrasser leur grand-mère.

Puis, ils vinrent dire bonsoir à M. le Curé, qui avait dîné au château, comme il faisait tous les jeudis.

L'abbé Mauduit en assit deux sur ses genoux, passant ses longs bras vêtus de noir derrière le cou des enfants, et, rapprochant leurs têtes, d'un mouvement paternel, il les baisa sur le front d'un long baiser tendre.

Puis, il les remit à terre, et les petits êtres s'en allèrent, le garçon devant, les filles derrière.

« Vous aimez les enfants, monsieur le curé, dit la comtesse.

— Beaucoup, madame. »

La vieille femme leva sur le prêtre ses yeux clairs.

« Et... votre solitude ne vous a jamais trop pesé ?

— Si, quelquefois. »

Il se tut, hésita, puis reprit : « Mais je n'étais pas né pour la vie ordinaire.

— Qu'est-ce que vous en savez?

— Oh! je le sais bien. J'étais fait pour être prêtre, j'ai suivi ma voie.»

La comtesse le regardait toujours:

«Voyons, monsieur le Curé, dites-moi ça, dites-moi comment vous vous êtes décidé à renoncer à tout ce qui nous fait aimer la vie, nous autres, à tout ce qui nous console et nous soutient. Qui est-ce qui vous a poussé, déterminé à vous écarter du grand chemin naturel, du mariage et de la famille? Vous n'êtes ni un exalté, ni un fanatique, ni un sombre, ni un triste. Est-ce un événement, un chagrin, qui vous a décidé à prononcer des vœux éternels?»

L'abbé Mauduit se leva et se rapprocha du feu, puis tendit aux flammes ses gros souliers de prêtre de campagne. Il semblait toujours hésiter à répondre.

C'était un grand vieillard à cheveux blancs qui desservait depuis vingt ans la commune de Saint-Antoine-du-Rocher. Les paysans disaient de lui: «En v'là un brave homme!»

C'était un brave homme en effet, bienveillant, familier, doux, et surtout généreux. Comme saint Martin, il eût coupé en deux son manteau. Il riait volontiers et pleurait aussi pour peu de chose, comme une femme, ce qui lui nuisait même un peu dans l'esprit dur des campagnards.

La vieille comtesse de Saville, retirée en son château du Rocher pour élever ses petits-enfants, après la mort successive de son fils et de sa belle-fille, aimait beaucoup son curé, et disait de lui: «C'est un cœur.»

Il venait tous les jeudis passer la soirée chez la

châtelaine, et ils s'étaient liés, d'une bonne et
franche amitié de vieillards. Il s'entendaient
presque sur tout à demi-mot, étant tous les deux
bons de la simple bonté des gens simples et doux.

Elle insistait : « Voyons, monsieur le Curé,
confessez-vous à votre tour. »

Il répéta : « Je n'étais pas né pour la vie de tout
le monde. Je m'en suis aperçu à temps, heureu-
sement, et j'ai bien souvent constaté que je ne
m'étais pas trompé. »

*

Mes parents, marchands merciers à Verdiers[1],
et assez riches, avaient beaucoup d'ambition
pour moi. On me mit en pension fort jeune. On
ne sait pas ce que peut souffrir un enfant dans
un collège[2], par le seul fait de la séparation, de
l'isolement. Cette vie uniforme et sans tendresse
est bonne pour les uns, détestable pour les autres.
Les petits êtres ont souvent le cœur bien plus
sensible qu'on ne croit, et en les enfermant ainsi
trop tôt, loin de ceux qu'ils aiment, on peut
développer à l'excès une sensibilité qui s'exalte,
devient maladive et dangereuse.

Je ne jouais guère, je n'avais pas de camarades, je passais mes heures à regretter la maison, je pleurais la nuit dans mon lit, je me
creusais la tête pour retrouver des souvenirs de
chez moi, des souvenirs insignifiants de petites
choses, de petits faits. Je pensais sans cesse à
tout ce que j'avais laissé là-bas. Je devenais tout
doucement un exalté pour qui les plus légères
contrariétés étaient d'affreux chagrins.

Avec cela je demeurais taciturne, renfermé, sans expansion, sans confidents. Ce travail d'excitation mentale se faisait obscurément et sûrement. Les nerfs des enfants sont vite agités : on devrait veiller à ce qu'ils vivent dans une paix profonde, jusqu'à leur développement presque complet. Mais qui donc songe que, pour certains collégiens, un pensum injuste peut être une aussi grosse douleur que le sera plus tard la mort d'un ami ; qui donc se rend compte exactement que certaines jeunes âmes ont pour presque rien des émotions terribles, et sont, en peu de temps, des âmes malades, inguérissables ?

Ce fut mon cas ; cette faculté de regret se développa en moi d'une telle façon que toute mon existence devint un martyre.

Je ne le disais pas, je ne disais rien ; mais je devins peu à peu d'une sensibilité ou plutôt d'une sensitivité si vive que mon âme ressemblait à une plaie vive. Tout ce qui la touchait y produisait des tiraillements de souffrance, des vibrations affreuses et par suite de vrais ravages. Heureux les hommes que la nature a cuirassés d'indifférence et armés de stoïcisme !

J'atteignis seize ans. Une timidité excessive m'était venue de cette aptitude à souffrir de tout. Me sentant découvert contre toutes les attaques du hasard ou de la destinée, je redoutais tous les contacts, toutes les approches, tous les événements. Je vivais en éveil comme sous la menace constante d'un malheur inconnu et toujours attendu. Je n'osais ni parler, ni agir en public. J'avais bien cette sensation que la vie est une bataille, une lutte effroyable où on reçoit des coups épouvantables, des blessures douloureuses, mortelles. Au lieu de nourrir, comme tous les hommes, l'espérance heureuse du lendemain, j'en gardais seulement la crainte confuse et je sentais en moi une envie de me cacher, d'éviter ce combat où je serais vaincu et tué.

Mes études finies, on me donna six mois de congé pour choisir une carrière. Un événement bien simple me fit voir clair en moi tout à coup, me montra l'état maladif de mon esprit, me fit comprendre le danger et me décida à le fuir.

Verdiers est une petite ville entourée de plaines et de bois. Dans la rue centrale se trouvait la maison de mes parents. Je passais maintenant mes journées loin de cette demeure que j'avais tant regrettée, tant désirée. Des rêves s'étaient réveillés en moi et je me promenais dans les champs tout seul pour les laisser s'échapper, s'envoler.

Mon père et ma mère, tout occupés de leur commerce et préoccupés de mon avenir, ne me parlaient que de leur vente ou de mes projets possibles. Ils m'aimaient en gens positifs, d'esprit pratique, ils m'aimaient avec leur raison bien plus qu'avec leur cœur ; je vivais muré dans mes pensées et frémissant de mon éternelle inquiétude.

Or, un soir, après une longue course, j'aperçus, comme je revenais à grands pas afin de ne point me mettre en retard, un chien qui galopait vers moi. C'était une sorte d'épagneul rouge, fort maigre, avec de longues oreilles frisées.

Quand il fut à dix pas il s'arrêta. Et j'en fis autant. Alors il se mit à agiter sa queue et il s'approcha à petits pas avec des mouvements craintifs de tout le corps, en fléchissant sur ses pattes comme pour m'implorer et en remuant doucement la tête. Je l'appelai. Il fit alors mine de ramper avec une allure si humble, si triste, si suppliante que je me sentis les larmes aux yeux. J'allai vers lui, il se sauva, puis revint et je mis un genou par terre en lui débitant des douceurs afin de l'attirer. Il se trouva enfin à portée de ma main et, tout doucement, je le caressai avec des précautions infinies.

Il s'enhardit, se releva peu à peu, posa ses pattes sur mes épaules et se mit à me lécher la figure. Il me suivit jusqu'à la maison.

Ce fut vraiment le premier être que j'aimais passionnément, parce qu'il me rendait ma tendresse. Mon affection pour cette bête fut certes exagérée et ridicule. Il me semblait confusément que nous étions deux frères, perdus sur la terre, aussi isolés et sans défense l'un que l'autre. Il ne me quittait plus, dormait au pied de mon lit, mangeait à table malgré le mécontentement de mes parents et il me suivait dans mes courses solitaires.

Souvent je m'arrêtais sur les bords d'un fossé et je m'asseyais dans l'herbe. Sam aussitôt accourait, se couchait à mes côtés ou sur mes genoux et il soulevait ma main du bout de son museau afin de se faire caresser.

Un jour, vers la fin de juin, comme nous étions sur la route de Saint-Pierre-de-Chavrol, j'aperçus venir la diligence de Ravereau. Elle accourait au galop des quatre chevaux, avec son coffre jaune et la casquette de cuir noir qui coiffait son impériale. Le cocher faisait claquer son fouet ; un nuage de poussière s'élevait sous les roues de la lourde voiture, puis flottait par-derrière, à la façon d'un nuage.

Et tout à coup, comme elle arrivait à moi, Sam, effrayé peut-être par le bruit et voulant me joindre, s'élança devant elle. Le pied d'un cheval le culbuta, je le vis rouler, tourner, se relever, retomber sous toutes ces jambes, puis la voiture entière eut deux grandes secousses et j'aperçus derrière elle, dans la poussière, quelque chose qui s'agitait sur la route. Il était presque coupé en deux : tout l'intérieur de son ventre déchiré pendait, sortait avec des bouillons de sang. Il essayait de se relever, de marcher, mais les deux pattes de devant pouvaient seules remuer et grattaient la terre, comme pour faire un trou ; les deux autres étaient déjà mortes. Et il hurlait affreusement, fou de douleur.

Il mourut en quelques minutes. Je ne puis exprimer ce que je ressentis et combien j'ai souffert. Je gardai la chambre pendant un mois.

Or, un soir, mon père, furieux de me voir dans cet état pour si peu, s'écria : « Qu'est-ce que ce sera donc quand tu auras de vrais chagrins, si tu perds ta femme, tes enfants ! On n'est pas bête à ce point-là ! »

Ce mot, dès lors, me resta dans la tête, me hanta : « Qu'est-ce que ce sera donc quand tu auras de vrais chagrins, si tu perds ta femme, tes enfants. »

Et je commençai à voir clair en moi. Je compris pourquoi toutes les petites misères de chaque jour prenaient à mes yeux une importance de catastrophe ; je m'aperçus que j'étais organisé pour souffrir affreusement de tout, pour percevoir, multipliées par ma sensibilité malade, toutes les impressions douloureuses, et une peur atroce de la vie me saisit. J'étais sans passions, sans ambitions ; je me décidai à sacrifier les joies possibles pour éviter les douleurs certaines. L'existence est courte, je la passerai au service des autres, à soulager leurs peines et à jouir de leur bonheur, me disais-je. N'éprouvant directement ni les unes ni les autres, je n'en recevrai que les émotions affaiblies.

Et si vous saviez cependant comme la misère me torture, me ravage ! Mais ce qui aurait été pour moi une intolérable souffrance est devenu de la commisération, de la pitié.

Ces chagrins que je touche à chaque instant, je ne les aurais pas supportés tombant sur mon propre cœur. Je n'aurais pas pu voir mourir un de mes enfants sans mourir moi-même. Et j'ai gardé malgré tout une telle peur obscure et pénétrante des événements, que la vue du facteur entrant chez moi me fait passer chaque jour un frisson dans les veines, et pourtant je n'ai plus rien à craindre maintenant.

*

L'abbé Mauduit se tut. Il regardait le feu dans la grande cheminée, comme pour y voir des choses mystérieuses, tout l'inconnu de l'existence qu'il aurait pu vivre s'il avait été plus hardi devant la souffrance. Il reprit d'une voix plus basse :

« J'ai eu raison. Je n'étais point fait pour ce monde. »

La comtesse ne disait rien ; enfin, après un long silence, elle prononça : « Moi, si je n'avais pas mes petits-enfants, je crois que je n'aurais plus le courage de vivre. »

Et le curé se leva sans dire un mot de plus.

Comme les domestiques sommeillaient dans la cuisine, elle le conduisit elle-même jusqu'à la porte qui donnait sur le jardin et elle regarda s'enfoncer dans la nuit sa grande ombre lente qu'éclairait un reflet de lampe.

Puis elle revint s'asseoir devant son feu et elle songea à bien des choses auxquelles on ne pense point quand on est jeune.

DOSSIER

CHRONOLOGIE

1846. 9 novembre : mariage, à Rouen, de Gustave de
Maupassant et de Laure Le Poittevin, nés en 1821
tous les deux. Laure, très cultivée, d'un tempérament névrotique dont les manifestations iront s'accentuant, est la sœur du grand ami de jeunesse de
Flaubert, Alfred, qui mourra en 1848.
La famille Le Poittevin possède une belle maison à
Fécamp, rue Sous-le-Bois (aujourd'hui quai Guy-
de-Maupassant). Guy va souvent, dans son enfance,
y voir sa grand-mère.
1850. 5 août : naissance de Guy de Maupassant au château de Miromesnil, près de Dieppe. Notons, pour
dissiper une légende parfois encore exhumée, que
neuf mois auparavant Flaubert était au loin, s'em-
barquant pour son voyage en Orient, comme le
prouvent ses *Carnets* : il ne peut être le père biolo-
gique de Guy.
1856. 19 mai : naissance, au château de Grainville-Ymau-
ville, du frère de Maupassant, Hervé.
1859-1860. Gustave, dépensier, coureur, à demi ruiné,
doit travailler dans une banque à Paris. Guy de
Maupassant est élève au Lycée impérial (aujour-
d'hui Henri-IV) à Paris.
1861. Laure vit à Étretat, dans sa propriété des Verguies,
avec ses fils. Guy grandit parmi les enfants des
pêcheurs. Un ecclésiastique d'Étretat, l'abbé Au-
bourg, assure son instruction.

1863-1869. Les parents se séparent officiellement. Laure reste à Étretat. Elle garde des relations avec son mari pour ce qui regarde l'éducation de leurs fils. Maupassant fait ses études comme pensionnaire à l'Institution ecclésiastique d'Yvetot. Il en est renvoyé pour irrespect envers la religion. Il finit sa rhétorique au lycée Corneille, à Rouen. Il a connu Flaubert à Croisset en 1867. En philosophie au lycée Corneille, Maupassant fréquente Louis Bouilhet, son correspondant, et Flaubert. Bouilhet meurt en juillet. Il a été le maître en poésie de Maupassant. Durant les vacances, Maupassant retourne à Étretat, et parcourt la région. Un heureux hasard fait qu'il sauve en 1867 de la noyade le poète anglais Swinburne, qui vit dans la sulfureuse «chaumière Dolmancé» avec son ami Powel. Un jour de tempête, en 1869, Maupassant rencontre Courbet qui peint *La Vague*. Bachelier, Maupassant prend à Paris des inscriptions en Droit.

1870-1872. La guerre franco-allemande éclate, Maupassant est incorporé au service de l'Intendance militaire, à Rouen, puis au Havre, après avoir été pris dans la débâcle. Il s'en faut de peu qu'il soit fait prisonnier. À l'automne 1871, il se fait remplacer à l'armée. Il entre comme commis surnuméraire, non payé, au ministère de la Marine, en mars 1872. Puis il entre à la direction des Colonies, avec un traitement de 125 francs par mois.

1872-1879. De longues années de maturation littéraire. Maupassant travaille toujours, avec beaucoup d'ennui, comme commis au ministère de la Marine, puis à partir de 1878, grâce à l'entremise de Flaubert, au ministère de l'Instruction publique. Il habite à Paris, rue Moncey, une pièce en rez-de-chaussée dans la maison où habite son père, puis il prend son indépendance rue Clauzel (une «rue à filles»). Il fait de joyeuses parties en barque à Argenteuil et Bezons, où il loue une chambre, qu'il occupe la moitié de la semaine. Il est aussi fortement suspecté de présider un groupe aux pratiques sadiques. Plus tard, désirant une solitude mieux assurée, c'est à Sartrouville qu'il se réfugie. Il contracte la syphilis en 1877; première cure, à Loèche-les-Bains, en 1877.

Il va souvent à Croisset, pour rendre visite à Flaubert, et à Étretat, pour rendre visite à sa mère auprès de laquelle il passera toute sa vie beaucoup de temps.

D'autre part, il tente sa chance en littérature. Il fréquente Flaubert lors de ses séjours à Paris, rue Murillo, et connaît l'entourage de son maître : en particulier Tourguéniev, et les Goncourt. Il écrit quelques pièces (refusées par les théâtres, sauf en 1879 *Histoire du vieux temps*, jouée à la troisième Comédie-Française; en privé, il fait jouer la pièce pornographique *À la feuille de rose, maison turque*). Il publie sous pseudonyme, selon la volonté de Flaubert qui n'estime pas mûre son écriture, quelques contes à partir de 1875, des poèmes à partir de 1876. Il se lie avec Catulle Mendès et avec Zola et son groupe, sans jamais adhérer au naturalisme : il ne se reconnaît que Flaubert pour maître.

En 1879, il refuse à Mendès d'entrer dans la franc-maçonnerie, voulant rester en dehors de tout groupe et de toute coterie.

1880. Maupassant est sous le coup de poursuites judiciaires qui censurent le poème «Une fille», paru dans la *Revue moderne et naturaliste*. Non-lieu en février. Le même mois, Flaubert écrit à Maupassant que «Boule de suif», dont il a lu les épreuves, est un chef-d'œuvre. Le 15 avril, *Les Soirées de Médan*, qui comprennent «Boule de suif», récit signé cette fois de son nom, sont publiées avec grand succès pour Maupassant. L'écrivain publie le 25 avril chez Charpentier ses poèmes, sous le titre *Des vers*.

En mai, il entre, comme collaborateur régulier, au *Gaulois*. À Paris, l'écrivain s'installe rue Dulong, un meilleur quartier que celui de la rue Clauzel. Mais c'est aussi l'année de la mort de Flaubert, le 8 mai. Maupassant souffre à la suite de son atteinte syphilitique de troubles oculaires et cardiaques; on lui prescrit de l'éther pour calmer ses souffrances. Laure de Maupassant, elle, dépressive depuis longtemps, a été envoyée à partir de 1878 dans un pays plus chaud que la Normandie : Nice, Cannes. Maupassant la rejoint pour un voyage en Corse, l'été 1880. Hervé, instable, fait de nombreuses dettes et ne parvient pas à trouver un emploi fixe.

1881. Démission du Ministère. Mai : publication du recueil *La Maison Tellier*, chez Havard. Été en Algérie, comme « reporter » pour *Le Gaulois*, journal mondain, de tendance conservatrice libérale. Maupassant y publie des « Lettres d'Afrique » très critiques, non sur le principe de la colonisation, mais sur la manière dont elle est pratiquée par les Français. Début en octobre de la collaboration à *Gil Blas*, de bonne tenue littéraire, mais léger de ton. Maupassant y signe « Maufrigneuse », étant d'autre part lié par son contrat avec *Le Gaulois*, qui le paie 500 francs par mois pour un article par semaine. Ce pseudonyme ne trompe personne. Après avoir reçu des lettres d'une inconnue, il se lie avec celle-ci, Marie-Paule Parent-Desbarres, une « émancipée » bisexuelle qui s'adonne à la sculpture : elle publiera ses souvenirs sous le pseudonyme de Gisèle d'Estoc.

1882. Publication du recueil *Mademoiselle Fifi*, chez l'éditeur belge Kistemaeckers. Voyage en Bretagne en juillet. Été sur la Côte d'Azur.

Maupassant est rayé des cadres du Ministère, où depuis longtemps il n'exerce plus.

1883. 27 février : naissance de Lucien Litzelmann, fils d'une modiste, et probablement de Maupassant, qui ne le reconnaît pas plus que les deux enfants suivants, nés en 1884 et 1887. Il subviendra à leurs besoins et les verra assez souvent.

Maupassant est à Cannes au printemps. Avril : *Une vie*, roman dont l'idée remonte à 1878, en préparation suivie depuis 1880. Juin : *Contes de la Bécasse*, chez Rouveyre et Blond. Été à Châtelguyon. Maupassant se fait construire à Étretat la villa « La Guillette ». Il se lie avec Hermine Lecomte du Noüy, femme du monde cultivée. Novembre : *Clair de lune* (première édition), chez Monnier.

1884. Janvier : *Au soleil*, chroniques africaines, chez

Havard. Maupassant se lie avec la belle et étrange comtesse Potocka ; par la suite, il connaît Marie Kann, autre mondaine au salon renommé, qui sera sa maîtresse après avoir été celle de Paul Bourget, et Mme Straus, modèle de la Mme de Guermantes de Proust. Maupassant s'installe à Paris rue de Montchanin (aujourd'hui rue Jacques-Bingen), dans un quartier apprécié. De février à mai, il entretient une correspondance avec une inconnue, qui se révélera être l'intelligente et artiste Marie Bashkirtseff (morte de tuberculose en octobre 1884).

Avril : le recueil *Miss Harriet*, chez Havard. Été à Étretat. Juillet : *Les Sœurs Rondoli*, chez Ollendorff. Octobre : *Yvette*, chez Havard. Novembre à Cannes.

1885. Mars : *Contes du jour et de la nuit*, chez Havard. Printemps en Italie (Rome, Sicile). Mai : *Bel-Ami*, roman, chez Havard. Été en cure à Châtelguyon. Hiver au cap d'Antibes. Premier yacht le *Bel-Ami*.

1886. Janvier : le recueil *Toine*, chez Marpon et Flammarion. Hervé se marie avec Mlle Fanton d'Andon, et loue à Antibes une exploitation de 25 hectares, dans l'intention de s'adonner à l'horticulture. Maupassant souffre de graves désordres oculaires. Février : le recueil *Monsieur Parent*, chez Ollendorff. Printemps : Maupassant rédige un « Salon » de peinture. Mai : le recueil *La Petite Roque*, chez Havard. Été à Châtelguyon. Hiver à Antibes et Cannes.

1887. Janvier : *Mont-Oriol*, roman, chez Havard. Mai : le recueil *Le Horla* chez Ollendorff. Été en Normandie. À Paris, voyage en ballon (8 et 9 juillet) qui le conduit en Belgique, à Heyst. Automne et hiver : voyage en Afrique du Nord. La santé de Maupassant est très mauvaise : migraines, douleurs oculaires, hallucinations. Grands soucis causés par sa mère malade et son frère névrotique, qu'il doit faire interner.

1888. Janvier, Maupassant à Marseille, achète un yacht, qui sera le *Bel-Ami II*. À Paris, il conduit son frère, qui donne des signes accrus de dérangement mental, chez le docteur Blanche, illustre aliéniste. Un moment, Hervé est interné à l'hospice de la Ville-

Évrard, en Seine-et-Oise. Guy se sent de plus en plus malade des yeux. Publication chez Ollendorff du roman *Pierre et Jean* et de l'importante étude générale sur le roman qui le précède. Printemps : croisière en Méditerranée. Mai : recueil *Clair de lune* chez Ollendorff. Juin : chronique *Sur l'eau*, chez Marpon et Flammarion. Automne : cure à Aix-les-Bains. Octobre : recueil *Le Rosier de Madame Husson*, chez Quantin. Hiver : voyage en Afrique du Nord.

1889. À Paris, installation avenue Victor-Hugo, dans un «beau quartier». Février : recueil *La Main gauche*, chez Ollendorff. Mai : *Fort comme la mort*, roman, chez Ollendorff. Été à Triel, au bord de la Seine. Le frère de Maupassant, après un séjour avec femme et fille chez sa mère, où il se montre de plus en plus violent, est interné à l'hospice de Bron, près de Lyon ; Maupassant lui rend visite en août. Il a à sa charge sa famille. Automne en Corse et en Italie. Mort d'Hervé de Maupassant, fou, le 13 novembre. Longue croisière de Guy en août-octobre en Méditerranée. Visite de Tunis. Octobre en Italie.

1890. Hiver à Cannes. Mars : le récit de voyage *La Vie errante*, chez Ollendorff. Avril : le recueil *L'Inutile Beauté* chez Havard. Été, cure à Plombières, puis Aix-les-Bains. Automne en Afrique du Nord. La santé de Maupassant se dégrade de plus en plus. Installation à Paris rue du Boccador.

1891. Maupassant se sent devenir fou. Mars : *Musotte*, tiré de «L'Enfant», au Gymnase. Été à Nice, et en cure à Divonne-les-Bains. Novembre à Cannes. Les deux romans qu'il a commencés, *L'Âme étrangère* et *L'Angélus*, ne comporteront jamais que quelques pages.

1892. Maupassant, le 1er janvier, tente de se suicider. Il est transporté à la clinique du docteur Blanche, et se dégrade de plus en plus, physiquement et mentalement.

1893. 6 juillet : mort de Maupassant.

1899. *Le Père Milon*, chez Ollendorff.

1900. *Le Colporteur*, chez Ollendorff. Mort du père de Maupassant à Antibes.

1903. Mort de la mère de Maupassant à Nice.

BIBLIOGRAPHIE

Sauf mention contraire, le lieu d'édition est Paris.

I. ŒUVRES DE MAUPASSANT

1° *Œuvres complètes*

Œuvres complètes de Guy de Maupassant, édition Conard, 1908-1910, 29 volumes.

Œuvres complètes de Guy de Maupassant, avertissement et préface de Pascal Pia, chronologie et bibliographie par Gilbert Sigaux, Le Cercle du Bibliophile, Évreux, 1969-1971, 17 volumes.

a. Pour la correspondance

Guy de Maupassant, *Correspondance*, présentée par Jacques Suffel, trois tomes complétant l'édition des *Œuvres complètes* de Pia-Sigaux ci-dessus citée, 1973.

Guy de Maupassant, *Correspondance avec Gustave Flaubert*, édition d'Yvan Leclerc, Flammarion, 1993.

b. Pour les contes et nouvelles

Guy de Maupassant, *Contes et nouvelles*, présentation et annotation par Albert-Marie Schmidt, avec la collaboration de Gérard Delaisement, Albin Michel, 1964-1967, deux volumes.

Guy de Maupassant, *Contes et nouvelles*, préface d'Armand Lanoux, présentation, établissement du texte et annotation de Louis Forestier, Gallimard, Bibliothèque de la Pléiade, 1974-1979, deux volumes.

c. Pour les romans

Guy de Maupassant, *Romans*, édition de Louis Forestier, Gallimard, Bibliothèque de la Pléiade, 1987.

d. Pour les chroniques

Guy de Maupassant, *Chroniques*, édition complète et critique présentée par Gérard Délaisement, Rive Droite, 2004, deux volumes.

2° *Éditions d'œuvres séparées intéressant le lecteur par leur présentation et leur annotation*

Guy de Maupassant, *Bel-Ami*, édition de Marie-Claire Bancquart, éditions de l'Imprimerie Nationale, 1979.

Guy de Maupassant, *Le Horla*, présentation, transcription et notes d'Yvan Leclerc, éditions du CNRS, collection «manuscrits», 1993.

Guy de Maupassant, *La Vie errante*, édition d'Olivier Frébourg, La Table ronde, 2000.

Guy de Maupassant, *Miss Harriet*, édition de Pierre Brunel, avec une introduction «Pour en finir avec le réalisme», éditions Didier, 2000.

Guy de Maupassant, *Des vers et autres poèmes*, *Œuvres poétiques complètes*, édition d'Emmanuel Vincent, préface de Louis Forestier, publications de l'Université de Rouen, 2001.

Dans *Guy de Maupassant sur les chemins de l'Algérie*, par Olivier Frébourg, Magellan et Cie, 2003, on trouvera les articles, notes, lettres, etc. de Maupassant concernant son séjour en Algérie et ses opinions à ce propos.

Guy de Maupassant, *Contes normands, contes cruels et fantastiques, contes parisiens*, textes choisis, annotés et présentés par Marie-Claire Bancquart, 3 volumes, Hachette «La Pochothèque», Le Livre de Poche, 2004.

II. SUR GUY DE MAUPASSANT

1° *Biographies*

Jean-Jacques Brochier, *Maupassant, jeudi 1ᵉʳ février 1880, une journée particulière*, J.-C. Lattès, 1993.

René Dumesnil, *Guy de Maupassant*, Tallandier (1933), 1979.

Olivier Frébourg, *Maupassant, le clandestin*, Mercure de France, 2000; Gallimard, Folio, 2002.

Armand Lanoux, *Maupassant le Bel-Ami*, Fayard, 1967; réédition augmentée, Hachette, Livre de Poche, 1983.

Paul Morand, *Vie de Guy de Maupassant*, Flammarion, 1942; rééd. Le Grand livre du mois, préface de Marcel Schneider, 1998.

Nadine Satiat, *Maupassant*, Flammarion, 2003.

Albert-Marie Schmidt, *Maupassant par lui-même*, «Écrivains de toujours», Le Seuil, 1962; rééd. 1990.

Henri Troyat, *Maupassant*, Flammarion, 1989; rééd. Hachette, Livre de Poche, 1991.

2° *Souvenirs (à lire avec circonspection)*

Marie Bashkirtseff, *Cahiers intimes inédits*, préface de Pierre Borel, éditions du Monde moderne, 1925.

Gisèle d'Estoc, *Cahier d'amour*, suivi de *Poèmes érotiques* de Maupassant, édition de Jacques-Louis Douchin, Arléa, 1992.

Alberto Lumbroso, *Souvenirs sur Maupassant : sa dernière maladie, sa mort*, Bocca frères, Rome, 1905; rééd. Slatkine, Genève, 1981.

François Tassart, *Souvenirs sur Guy de Maupassant*, Plon-Nourrit, 1911.

François Tassart, *Nouveaux souvenirs intimes sur Guy de Maupassant*, édition de Pierre Cogny, Nizet, 1962.

3° *Études sur l'œuvre*

a. Ouvrages individuels

Joseph-Marc Bailbé, *L'Artiste chez Maupassant*, Minard, 1993.

Pierre Bayard, *Maupassant, juste avant Freud*, Minuit, 1994.

Micheline Besnard-Coursodon, *Étude thématique et structurale de l'œuvre de Maupassant : le piège*, Nizet, 1973.

Jacques Bienvenu, *Maupassant inédit*, Édisud, 1993.

Pierre Blanchard, *Maupassant et la Normandie : le paysage normand dans l'œuvre de Maupassant*, travail multimédia multisupport, Centre régional de documentation pédagogique, Rouen, 1995.

Philippe Bonnefis, *Comme Maupassant*, Presses universitaires de Lille (1981), 1993.

Philippe Bonnefis, *Parfums : son nom de Bel-Ami*, Galilée, 1995.

Marianne Bury, *Maupassant*, Nathan, 1992.

Marianne Bury, *La Poétique de Maupassant*, SEDES, 1994.

Pierre Cogny, *Maupassant, l'homme sans Dieu*, Bruxelles, La Renaissance du livre, 1968.

Pierre Cogny, *Maupassant, peintre de son temps*, Larousse, 1976.

Pierre Danger, *Pulsion et désir dans les romans et nouvelles de Guy de Maupassant*, Nizet, 1993.

Gérard Delaisement, *Maupassant journaliste et chroniqueur*, Albin Michel, 1956.

Gérard Delaisement, *Guy de Maupassant, le témoin, l'homme, le critique*, CDRP d'Orléans-Tours, 1984.

Gérard Delaisement, *La Modernité de Maupassant*, Rive droite, 1995.

Antonia Fonyi, *Maupassant 1993*, Kimé, 1993.

Algirdas Julien Greimas, *Maupassant, la sémiotique du texte*, Le Seuil, 1976.

Alberto Savinio, *Maupassant et «l'Autre»*, traduction de Michel Arnaud, Gallimard, «Du monde entier», 1977.

E. D. Sullivan, *Maupassant, The Short Stories*, Londres, Arnold, 1962.

André Vial, *Guy de Maupassant et l'Art du roman*, Nizet, 1954.

André Vial, *La Genèse d'«Une Vie»*, Les Belles Lettres, 1954.

André Vial, *Faits et significations*, Nizet, 1973.

b. Ouvrages collectifs

Maupassant, numéro spécial d'*Europe*, juin 1969.

Flaubert et Maupassant, écrivains normands, Presses universitaires de France, 1981.

Maupassant, miroir de la nouvelle, Presses universitaires de Vincennes, 1988.

Maupassant, numéro spécial du *Magazine littéraire*, mai 1993.

Maupassant, numéro spécial d'*Europe*, sous la direction de Marie-Claire Bancquart, août-septembre 1993.

Maupassant et l'Écriture, sous la direction de Louis Forestier, Nathan, 1993.

Imaginer Maupassant, sous la direction de Francis Marcoin, *Revue des Sciences humaines*, n° 235, juillet-septembre 1994.

Maupassant, conteur et romancier, sous la direction de Robert Lethbridge et de Christopher Lloyd, University of Durham, Modern Language Series, 1994.

Maupassant multiple, Toulouse, Presses universitaires du Mirail, 1995.

Maupassant et les Pays du soleil, sous la direction de Jacques Bienvenu, Klincksieck, 1999.

Flaubert, Le Poittevin, Maupassant, une affaire de famille littéraire, sous la direction d'Yvan Leclerc, publications de l'Université de Rouen, 2002.

4° *Filmographie de Maupassant*

Un numéro sur les films consacrés aux œuvres de Maupassant, tant au cinéma qu'à la télévision : *Maupassant à l'écran*, dossier de *CinémAction/TV5*, publié par Télérama, les éditions Corlet (Condé-sur-Noireau) et le Centre culturel de Fécamp en 1993.

NOTES

Page 33.

1. Ce récit a été une première fois édité dans le recueil *Le Père Milon*, publié chez Ollendorff en 1899, dans lequel il occupe la dix-neuvième place (voir l'édition « Folio classique », p. 159-168). On ne lui connaît pas de prépublication en périodique, mais un manuscrit du récit a fait partie de la vente des livres et manuscrits de Louis Barthou, homme politique et grand collectionneur, mort en 1934 (le catalogue de cette vente a été établi par la librairie Blaizot en 1935-1936); le catalogue (II, n° 1080) en reproduit les premières lignes. Parmi les quelques variantes, la plus notable porte précisément sur le titre, qui était primitivement « L'Homme ». D'une portée plus générale que le titre conservé, ce titre annonçait la conclusion du récit, que Maupassant considérait comme « une scène de l'éternel drame qui se joue tous les jours, sous toutes les formes, dans tous les mondes ». Il est difficile de déterminer si « L'Homme » désignait pour Maupassant le seul individu de sexe masculin, toujours berné par la femme, ou s'il avait une signification plus générale, comprenant aussi la femme, éternelle trompeuse, dans cette relation de drame dont Maupassant dit « la désolante vérité ».

2. Cette précision pourrait permettre de dater le récit : c'est en septembre-octobre 1888 que Maupassant, ravagé par des migraines, fit une cure à Aix-les-Bains, station

dont son ami Henry Cazalis était un des médecins. Il parle ici, il est vrai, de l'«été», mais la fin de septembre 1888 fut extrêmement chaude à Aix, et la description des vignes qui suit évoque bien une maturation automnale. Notre récit daterait donc de la fin de l'année 1888 ou du début de 1889. Ce qui corroborerait cette date, tardive dans la si courte carrière de Maupassant, c'est qu'il parle ici en homme vieilli, évoquant ses vingt-cinq ans comme un passé lointain. On sait combien il se considéra très vite comme usé.

Page 34.

1. Brison-Saint-Innocent : Saint-Innocent, au nord d'Aix-les-Bains.

2. Le colporteur parcourait les campagnes en vendant au porte-à-porte des étoffes, des ustensiles, des almanachs et des livres ; c'était un type très répandu de petit marchand, qui ne disparut qu'après la guerre de 1914.

Page 35.

1. L'écrivain évoque ici des souvenirs personnels datant des années 1873-1875 : employé de ministère lui-même, et connaissant bien le personnel habituel des bureaux, il était pour sa part un joyeux canotier qui pratiquait la «yole», barque étroite et allongée qu'on mène à l'aviron. Il coucha d'abord deux fois par semaine à Argenteuil, puis loua une chambre à l'auberge Poulin, à Bezons. Tous les lieux (à l'exception de Chatou), qui sont évoqués dans ce paragraphe, Argenteuil, Bezons, Épinay, Saint-Ouen, font maintenant partie de la proche banlieue industrielle de Paris, et ne sont assurément ni champêtres, ni déserts la nuit, tout en demeurant peu accueillants. À l'époque de Maupassant, on commençait à y construire, à côté des anciens villages et des maisonnettes «de plaisance», et sans aucun plan d'ensemble, des immeubles de rapport plutôt sordides, comme celui où habite le colporteur.

2. La presqu'île de Gennevilliers, située au nord de Saint-Ouen et limitrophe d'Asnières, avait en effet mauvaise réputation.

Page 38.

1. Maupassant, en fait, louait yole et bateau à l'époque dont il parle, son traitement d'employé ne lui permettant pas de les acheter.

2. La Principauté de Monaco avait battu monnaie au début du xixᵉ siècle, mais ses « monacos » eurent une existence éphémère. En revanche, sans doute à cause de la réputation de Monaco, ville de plaisir et de jeux, le terme demeura dans la langue populaire pour désigner l'argent.

Page 39.

1. Allumettes-bougies : ce sont des allumettes phosphoriques, dans lesquelles on a substitué au bâtonnet de bois une mèche recouverte d'une couche de stéarine : on obtient une petite bougie très mince et de peu de durée.

Page 40.

1. En argot, un « pante » était un bourgeois naïf qu'on pouvait facilement « entôler », attirer dans un traquenard.

AUPRÈS D'UN MORT

Page 43.

1. Ce récit parut dans *Gil Blas* le 30 janvier 1883, et fut pour la première fois repris en volume dans *Le Colporteur*. Il témoigne de la popularité de la pensée de Schopenhauer dans la France de la fin du xixᵉ siècle. On connaissait essentiellement cette pensée par la traduction, très lue jusque dans les salons, des *Pensées et fragments* par Jean Bourdeau (1880), et des *Aphorismes* traduits la même année par J. A. Cantacuzène. Pessimisme et misogynie : Maupassant les professe dès 1880, dans « La Lysistrata moderne » (30 décembre ; *Chroniques*, p. 136), et ne cesse par la suite de se référer à Schopenhauer pour dire sa méfiance envers la femme, inférieure à l'homme par nature, comme sa vision noire de l'homme et du monde. Il utilise dans ce récit un incident conté par Bourdeau, en lui donnant un relief bien personnel.

2. On envoyait alors les tuberculeux pulmonaires (appe-

lés «poitrinaires» ou «phtisiques») se soigner au bord de la Méditerranée, dont l'air doux et tiède (en réalité nuisible pour eux) était censé leur être favorable; ce n'est qu'au début du XXe siècle qu'on substitua la montagne à la Méditerranée. Maupassant avait été très frappé du contraste entre la belle nature de la Côte et les mourants qu'on y rencontrait, au point de faire paraître dans *Le Gaulois* du 8 mai 1882 un article intitulé «Chez la mort» (*Chroniques*, p. 503): la mort partout, cachée sous les fleurs, dérobée aux malades qui peuplent les hôtels et ne voient pas sortir les cadavres par une porte dissimulée...

Page 44.

1. Lucidité, solitude, désespoir: Maupassant aime chez Musset l'expression d'un état d'âme qu'il partage. La référence aux *Nuits* est profondément sentie dans le récit «Solitude», publié le 31 mars 1884 dans *Le Gaulois* et repris dans le recueil *Monsieur Parent* (édition Folio classique, p. 186): Musset est présenté comme celui qui, avant Flaubert, a ressenti la «souffrance atroce» de se sentir enfermé dans la vie comme dans un impénétrable souterrain.

2. «*Dors-tu content, Voltaire...*»: Musset, *Rolla*, IV.

Page 45.

1. «Il a tout traversé de sa moquerie, et tout vidé»: on peut être étonné de cette interprétation radicale de Schopenhauer, mais il faut savoir que la traduction française par J. A. Cantacuzène du *Monde comme volonté et comme représentation*, ouvrage dans lequel Schopenhauer prône une délivrance de l'homme par l'exercice d'une sorte de détachement bouddhiste, a paru en 1886, des années après celle des *Pensées et fragments*, et après le récit qui est publié ici. On voyait donc en Schopenhauer le pessimiste absolu, comme le prouve dans le roman de Zola *La Joie de vivre* (1884) le personnage de Lazare Chanteau.

2. Maupassant arrange ici un passage de l'article que Challemel-Lacour fit paraître dans la *Revue des Deux Mondes* le 15 mars 1870, cité dans une note de Bourdeau: «Ses paroles lentes et monotones /.../ me causaient une sorte de malaise, comme si j'eusse senti passer sur moi un souffle glacé à travers la porte entrouverte du néant.»

Page 47.

1. Maupassant a beaucoup écrit sur la peur, notamment le récit *La Peur*, publié dans *Le Gaulois* du 23 octobre 1882 et recueilli dans *Les Contes de la Bécasse* (éd. Folio classique, p. 75-85) : il considère qu'elle ne naît pas chez un homme courageux des «formes connues du péril», mais «dans certaines circonstances anormales, sous certaines influences mystérieuses». Tel est bien le cas ici.

LA SERRE

Page 50.

1. Ce récit a paru dans *Gil Blas* le 26 juin 1883, et a été repris pour la première fois en recueil dans *Le Colporteur*.

2. Les rouenneries étaient des toiles de coton de couleur, d'abord fabriquées à Rouen et dans sa région ; mais la production normande avait baissé à la fin du XIXe siècle, au profit d'autres lieux de fabrication.

3. Kiosque : «lieu de délice dans un jardin», selon Flaubert dans le *Dictionnaire des idées reçues*. Le kiosque «chinois» semble une survivance bourgeoise des constructions à la mode dans la haute société à la fin de l'Ancien Régime. Quant à la «petite serre», elle fait partie de tout important jardin qui se respecte, et n'a pas le caractère luxuriant et mortifère de la serre parisienne décrite par Zola dans *La Curée*.

Page 51.

1. Autre signe que Madame est d'un milieu de bourgeoisie provinciale, un peu prétentieux, un peu en retard : Palmyre fut un prénom en vogue au XVIIIe siècle et au tout début du XIXe, quand les ruines de la ville furent découvertes (en 1751) et célébrées. On sent la différence avec le prénom tout simple du mari, Gustave. En outre, les aspirations de Palmyre peuvent sembler en discordance avec son âge, tant le nom de «Palmyre» est pour nous associé au mot «ruines»...

UN DUEL

Page 52.

1. L'eau de fleurs d'oranger est connue comme calmant, et Gustave n'est en effet que trop calme au goût de Palmyre.

Page 58.

1. Ce récit a paru dans *Le Gaulois* du 14 août 1883, et a pour la première fois été repris en recueil dans *Le Colporteur.* Maupassant y traite du «coup de folie» d'un tranquille bourgeois poussé à bout par les avanies d'un vainqueur, et du «coup de chance» du même bourgeois qui tue son adversaire sans avoir jamais tenu un pistolet. Un cas psychologique, une inquiétude sans doute de Maupassant devant l'agressivité de l'Allemagne. Quant au duel lui-même, que Maupassant blâme lorsqu'il est un pur effet de mode (et il n'en manquait pas, dans le milieu mondain et le milieu littéraire d'alors), il est ici admissible de son point de vue, qu'il expose dans la préface qu'il donne en cette année 1883 aux *Tireurs au pistolet* de Ludovic de Vaux : «Quand un homme vous a violemment insulté, a outragé ceux que vous aimez, ou simplement quand une haine profonde, invincible, existe entre vous et lui /.../ quand la loi est impuissante, la justice désarmée, le droit inapplicable, alors le duel devient au moins compréhensible.»

2. C'est le 1er mars 1871 que furent signés les préliminaires de paix avec L'Allemagne victorieuse. Paris avait été mis en état de siège par les Prussiens durant quatre mois d'un hiver rigoureux, et bombardé durant le mois de janvier 1871. La misère y était extrême ; pas de travail, les ateliers et fabriques étant fermés ; pas de chauffage, pas d'éclairage, des queues pour le peu de nourriture disponible ; la viande de rat atteint des prix considérables. Un climat de privations et d'angoisses, de vains essais de défense. Le 1er mars, les Prussiens entrent symboliquement dans Paris pour se retirer le 2, mais occuper les forts des environs, tant que les conditions de la paix ne seraient pas remplies. Une vingtaine de départements sont occupés, l'Alsace et la Lorraine annexées par la Prusse. C'est entre le 2 mars et le 18, moment du début de la

Commune de Paris, que M. Dubuis quitte la capitale pour
aller en Suisse, *via* les départements occupés et l'Alsace
devenue allemande.

3. Le tableau de l'occupation est contrasté. Ainsi, dans
«Boule de suif» (*Boule de suif*, éd. Folio classique, p. 65),
Maupassant a montré les soldats allemands participant
familièrement à la vie des habitants de Tôtes. En revanche,
les officiers, dans la même nouvelle (*Ibid.*, p. 65) comme
dans «Mademoiselle Fifi» (Mademoiselle Fifi, éd. Folio
classique, p. 24-25), sont dépeints comme arrogants et
insultants, imbus du pouvoir de leur pays.

4. La garde nationale était recrutée parmi les hommes
de vingt-cinq à cinquante ans qui ne combattaient pas, ne
faisant pas partie de l'armée de métier et n'ayant pas été
pris par la conscription. Les gardes nationaux étaient cen-
sés défendre les villes. En fait, mal préparés, ils s'étaient
montrés peu efficaces.

Page 59.

1. Maupassant n'éprouve pas une affection particulière
pour les Anglais, qu'il a tendance à présenter comme atta-
chés mécaniquement à leurs habitudes et à leurs croyances,
sans aucune considération pour le pays dans lequel ils se
trouvent («Nos Anglais», recueilli dans *Toine*, éd. Folio
classique, p. 159-169). Ici, nos voyageurs sont présentés
comme curieux de tout, ne prenant pas parti et considé-
rant le duel comme une sorte d'épreuve sportive.

Page 60.

1. Pharsbourg: c'est évidemment une altération du nom
de la commune alsacienne de Phalsbourg.

Page 61.

1. Le 3 juillet 1866, à Sadowa en Bohême, l'armée prus-
sienne infligea une totale défaite à l'armée autrichienne.
Cette victoire allemande alerta beaucoup l'opinion en
Europe: on y voyait, non sans raison, les débuts d'une
ambition hégémonique.

Page 62.

1. « M. Dubuis s'élança sur le quai » : rappelons que dans les trains d'alors les compartiments ne communiquaient pas entre eux.

UNE SOIRÉE

Page 65.

1. Ce récit, paru dans *Le Gaulois* du 21 septembre 1883, fut pour la première fois publié en recueil dans *Le Colporteur.*
2. Vernon : petite ville de l'Eure, à un peu plus de quatre-vingts kilomètres de Paris.
3. *Le Saïs, conte arabe,* paroles et musique de Madeleine Olagnier, créé à la Renaissance le 18 décembre 1881, est écrit dans la manière de Félicien David et met en scène un chef de tribu arabe ; l'opéra eut un bon succès.

Page 66.

1. *Henri VIII* : opéra en quatre actes et six tableaux, paroles d'Armand Silvestre et Léonce Détroyat, musique de Saint-Saëns dont c'était le début à l'Opéra, y fut créé le 5 mars 1883. Maupassant n'aime pas l'opéra, qu'il classe parmi les « scies » (*Le Gaulois*, 8 février 1882, *Chroniques*, p. 442) : maître Saval n'est pas sauvé du ridicule par son zèle pour les nouveautés.

Page 67.

1. L'extension des cafés et cabarets à la mode vers Montmartre, en partant des Boulevards, date du second Empire. Ainsi Baudelaire, Aurélien Scholl, Vallès fréquentent la brasserie des Martyrs, 75, rue des Martyrs. Le café de la Nouvelle-Athènes, près de la place Pigalle, est fréquenté à l'époque où se place « Une soirée » par Maupassant, Zola, Huysmans.
2. Le Rat-Mort : ce cabaret, sis place Pigalle, se distinguait par un plafond peint par Léon Goupil de figures qui toutes se présentaient de profil. Il fut fréquenté par Manet, Coppée, Rochefort.

3. « L'heure de l'absinthe approchait » : cinq heures ;
elle était aussi nommée « l'heure verte ».

4. « Romantin » : nom imaginaire, évoquant peut-être le
peintre Eugène Fromentin.

Page 68.

1. Ce sont les peintres à la mode dans les années 1880 :
Bonnat, né en 1833, est spécialiste du portrait, Guillemet,
né en 1842, du paysage. Gervex, né en 1852, et Béraud, né
en 1849, sont des peintres de la vie des bourgeois contem-
porains. Hébert, lui, né en 1817, est d'une génération
antérieure ; membre de l'Institut, professeur aux Beaux-
Arts, il a peint des scènes d'histoire, des paysages italiens
et des portraits ; c'est le peintre le plus « officiel » de la
série. Duez, né en 1843, est portraitiste, Clairin, né en
1843, auteur de grands tableaux à sujets historiques et de
portraits (en particulier de Sarah Bernhardt). De même
que Laurens, né en 1838, il décore de fresques les édifices
publics de Paris et de la région parisienne. Le riche
M. Walter, propriétaire d'un journal, dans le roman de
Maupassant *Bel-Ami* (1885), montre avec orgueil ses
tableaux, au chapitre VI de la première partie ; parmi eux,
on remarque un Guillemet, un Gervex, un Béraud, un
Laurens (éd. Folio classique, p. 161 et 162).

Page 75.

1. « Entrez dans mon établissement... » : passage d'une
chanson de *La Femme à barbe* de Blaquière, sur des
paroles de Frébault, devenue une « scie » depuis le second
Empire, car la chanteuse Thérésa l'avait inscrite à son
répertoire. Le second vers cité est exactement : « Entrez,
bonnes d'enfants et soldats. »

JADIS

Page 78.

1. Ce récit parut dans *Gil Blas*, le 30 octobre 1883. À
dire vrai, il ne conte pas une histoire, mais il met en scène
deux manières de voir l'amour et le mariage, l'une du
bourgeois XIXᵉ siècle, l'autre d'un XVIIIᵉ siècle quelque peu

fantasmé. Maupassant parle visiblement en son propre nom. Il avait publié de «Jadis» dans *Le Gaulois* du 13 septembre 1880, sous le titre «Conseils d'une grand-mère», un premier crayon peu différent, sauf pour la fin que nous donnons en note, et qui vitupère plus longuement la société bourgeoise. La version de *Gil Blas*, à très peu de variantes près, fut reprise par Maupassant dans le supplément littéraire du *Figaro* du 9 janvier 1892, et dans *La Vie populaire* du 16 octobre 1892; mais elle ne fut pas reprise en volume avant l'édition du recueil *Le Colporteur*.

2. Avec ses grottes et ses amours, ses naïades et ses bergers et bergères, ce château évoque un XVIIIᵉ siècle de «galanteries passées» et d'«élégances légères» qui ne tient compte ni des mélancolies préromantiques, ni des curiosités scientifiques et illuministes. C'est celui qu'évoquent surtout les Goncourt, dans leurs *Portraits intimes du XVIIIᵉ siècle* (1857 et 1858), *L'Art du XVIIIᵉ siècle* (1859), et *La Femme au XVIIIᵉ siècle* (1862). De fait, ces ouvrages ont été à l'origine de la mode des étoffes et des bibelots XVIIIᵉ siècle dans les années 1880, et d'une certaine idée de la liberté amoureuse d'alors, tuée par la société contemporaine, bêtement «vertueuse» et grossière. Maupassant, qui connut très bien l'ami de Flaubert qu'était Edmond de Goncourt — il reçut de lui la réédition de *La Femme au XVIIIᵉ siècle* en 1877, et l'en remercia chaleureusement (*Correspondance*, t. I, n° 70, — jugea dans une chronique que *La Femme au XVIIIᵉ siècle* était «le plus admirable ouvrage /.../ où il soit traité de l'art d'être femme» («Les Femmes», *Gil Blas*, 29 octobre 1881, *Chroniques*, t. I, p. 350). S'il faut en croire une lettre écrite de Menton en mars 1882 à Gisèle d'Estoc qui se plaignait d'être sans nouvelles de lui (*Correspondance*, t. II, n° 255), Maupassant utilise l'idée de la liberté amoureuse de jadis entre les deux sexes au profit de sa propre inconstance: «Madame, votre lettre qui ne rappelle en rien celles écrites au XVIIIᵉ siècle par les grandes dames délaissées est si pleine d'injures brutales ou dramatiques /.../ que je serais intimement convaincu que vous m'adorez, si je n'aimais mieux croire au dépit. /.../ Je ne comprends les relations qu'avec une grande indulgence, une grande aménité et une grande largeur d'esprit de part et d'autre. Toute

chaîne m'est insupportable.» En retour, Maupassant, par-
tisan de l'amour sensuel et franc chez les femmes comme
chez les hommes, ne manqua pas de prendre parti contre
la morale étroite et unilatérale de son temps, comme le
montrent des chroniques parues dans *Le Gaulois*, par
exemple «le préjugé du déshonneur» (26 mai 1881, *Chroniques*, t. I, p. 209), où il s'élève contre l'indulgence marquée en son temps pour le mari trompé qui tue sa femme.
«Je ne cherche que la vérité, sans m'occuper de la morale
enseignée, orthodoxe et officielle, de la morale, cette loi
indéfiniment variable, facultative, cette chose dosée diffé-
remment pour chaque pays /.../ La seule loi qui m'importe est la loi éternelle de l'humanité, cette grande loi
qui gouverne les baisers humains, et qui sert de thème
aux faiseurs de bouffonneries.»

3. «Une toute vieille femme» en effet, car enfin, dès la
version de 1880 du récit, il faudrait qu'elle soit bien plus
que centenaire pour avoir vécu avant la Révolution française une vie de libre amour! On voit bien à cela que
Maupassant use d'un personnage fictif pour soutenir les
idées qui lui sont chères.

Page 79.

1. Vitriol et revolver: on ne trouve que cela dans les
faits divers de vengeance amoureuse rapportés par les
journaux du temps, et utilisés à la gouaille par les chan-
sonniers. Il n'était pas rare en effet que les tribunaux
acquittent les coupables délaissé (e)s. Reste à savoir si le
XVIIIe siècle lui aussi n'a pas connu des passions furieuses
et des vengeances. Du moins la chape de la morale conve-
nue était-elle moins étouffante.

Page 80.

1. Le «vin d'Espagne» est le vin de Malaga.

Page 82.

1. «Une race de vilains»: «vilains» est entendu au sens
de «non nobles», «grossiers». Maupassant écrivit plusieurs
chroniques sur l'abaissement général que représentait à
ses yeux la République; l'une des plus représentatives est
«Va t'asseoir!» (*Chroniques*, t. I, p. 303), publiée le 8 sep-

tembre 1881 dans *Le Gaulois*, où il proclame que l'égalité n'existe nulle part dans la nature, et qu'un pays gouverné par «le nombre imbécile» a les politiques qu'il mérite, c'est-à-dire des saltimbanques. Citons aussi la chronique publiée le 25 juin 1883 dans *Le Gaulois*, «L'Égalité» (*Chroniques*, t. II, p. 687).

    a. Var. Fin de «Conseils d'une grand-mère» (voir n. 1, p. 34): «... n'est plus reconnaissable. Vous avez mis de grands mots partout; vous croyez à l'égalité et à la passion éternelle. Des gens ont fait des vers pour vous dire qu'on mourait d'amour. De mon temps, on faisait des vers pour nous apprendre à aimer beaucoup. Quand un gentilhomme nous plaisait, fillette, on lui envoyait un page. Et quand il nous venait au cœur un nouveau caprice, on congédiait son dernier amant, à moins qu'on ne les gardât tous les deux.» / La jeune fille, toute pâle, balbutia: / «Alors les femmes n'avaient pas d'honneur?» / La vieille bondit: / «Pas d'honneur! parce qu'on aimait, qu'on osait le dire et même s'en vanter? Mais, fillette, si une de nous, parmi les plus grandes dames de France, était demeurée sans amant, toute la cour en aurait ri. Et vous vous imaginez que vos maris n'aimeront que vous toute leur vie? Comme si ça se pouvait, vraiment! / Je te dis, moi, que le mariage est une chose nécessaire pour que la société vive, mais qu'il n'est pas dans la nature de notre race, entends-tu bien? Il n'y a dans la vie qu'une bonne chose, c'est l'amour, et on veut nous en priver. On vous dit maintenant: «Il ne faut aimer qu'un homme», comme si on voulait me forcer à ne manger, toute ma vie, que du dindon. Et cet homme-là aura autant de maîtresses qu'il y a de mois dans l'année! / Il suivra ses instincts galants, qui le poussent vers toutes les femmes, comme les papillons vont à toutes les fleurs; et alors, moi, je sortirai par les rues, avec du vitriol dans une bouteille, et j'aveuglerai les pauvres filles qui auront obéi à la volonté de leur instinct. Ce n'est pas sur lui que je me vengerai, mais sur elles! Je ferai un monstre d'une créature que le bon Dieu a faite pour plaire, pour aimer et pour être aimée! / Et votre société d'aujourd'hui, votre société de manants, de bourgeois, de valets parvenus m'applaudira et m'acquittera. Je te dis que c'est infâme, que vous ne comprenez pas l'amour; et je suis contente de mourir plutôt que de voir un monde sans galanteries et des femmes qui ne savent plus aimer. / Vous prenez tout au sérieux maintenant, la vengeance des drôlesses qui tuent leurs amants fait verser des larmes de pitié aux douze bourgeois réunis pour sonder le cœur des criminels. Et voilà votre sagesse, votre raison? Les femmes tirent sur les hommes et se plaignent qu'ils ne sont plus galants!» / La jeune fille prit entre ses mains tremblantes les mains ridées de la vieille: / «Taistoi, grand-mère, je t'en supplie.» Et à genoux, les larmes aux yeux, elle demandait au ciel une grande passion, une seule passion éternelle, selon le rêve nouveau des poètes romantiques; tandis que l'aïeule la baisant au front, toute pénétrée encore de cette charmante et saine raison dont les philosophes galants emplirent le dix-huitième siècle, murmura: / «Prends garde, pauvre mignonne, si tu crois à des folies pareilles, tu seras bien malheureuse.»

2. Encore une considération tirée de *La Femme au XVIIIᵉ siècle* des Goncourt, prise par Maupassant à son compte dans «L'Art de rompre», chronique publiée le 31 janvier 1881 dans *Le Gaulois* (*Chroniques*, t. I, p. 148).

Page 83.

1. Le 27 juin 1882, Maupassant publia dans *Le Gaulois* une chronique «À propos du divorce» (*Chroniques*, t. II, p. 533). dans laquelle il déplore qu'on donne à la femme une éducation «étroite, étouffante», à cause de la vogue du sentimentalisme qui a sévi depuis 1830. La femme dans sa jeunesse est traitée comme une sorte de divinité immaculée, et fort mal préparée au mariage.

LE VENGEUR

Page 84.

1. Ce récit a été publié dans *Gil Blas* le 6 novembre 1883, et repris pour la première fois dans *Le Colporteur*. Il traite de la jalousie *a posteriori*, du seul point de vue masculin, car il était entendu à l'époque que l'homme était beaucoup plus possessif et exclusif que la femme. C'est d'ailleurs un sujet d'actualité, car l'une des objections

contre le divorce (instauré en 1884) était que la vie d'un couple reconstitué serait infernale à cause de cette jalousie. Dans «À propos du divorce» (*Le Gaulois*, 27 juin 1882; *Chroniques*, t. II, p. 533) Maupassant avait lui-même abordé le sujet: comment «prendre une femme notoirement entamée par un précédent possesseur en titre»? se demandait-il sans trop de délicatesse dans les termes. Ici, et pour cause, puisque le divorce n'est pas encore entré dans la loi, c'est d'un second mariage avec une veuve qu'il s'agit, et il en sera de même dans le chapitre II de la deuxième partie de *Bel-Ami*, quand Duroy aura épousé la veuve de son ancien ami Forestier (éd. Folio classique, p. 268-269). L'exaspération de Duroy est d'abord due au fait qu'il a remplacé Forestier dans ses fonctions de journaliste, et rencontre partout son souvenir, malignement rappelé par ses collègues. Mais sa hargne se porte ensuite sur «les relations anciennes de son ami et de sa femme», et la scène «L'as-tu fait cocu, ce pauvre Charles?» survient, reprenant beaucoup des termes du récit «Le Vengeur». Seulement, Madeleine est bien trop fine pour avouer quoi que ce soit. «Est-ce qu'on répond à des questions pareilles?», déclare-t-elle brusquement. De son côté, l'ambitieux Duroy, persuadé qu'elle a trompé l'autre, décide simplement qu'«à bon chat, bon rat», et se détache tout à fait de sa femme, de laquelle il divorcera au chapitre IX.

L'ATTENTE

Page 92.

1. Ce récit a été publié dans *Le Gaulois* du 11 novembre 1883, et recueilli pour la première fois dans *Le Colporteur*. Il traite d'un cas particulier de solitude, ce sentiment si fort chez Maupassant, et jette au passage la réprobation sur les préjugés d'une société qui a façonné le fils de l'héroïne de telle sorte qu'il ne puisse admettre la liaison de sa mère.

Page 93.

1. Ce sont des sommes considérables qui sont promises au notaire: cinq mille francs représentent le salaire annuel d'un sous-chef de bureau en fin de carrière.

Page 95.

1. «Bon ami» exprime l'affection, à la différence de
«Bel-Ami», qui sera le surnom donné par la petite fille de
Mme de Marelle, Laurine, à l'amant de sa mère dont elle
est obscurément éprise, comme peut l'être une enfant
(première partie de *Bel-Ami*, chapitre II, p. 61 de l'éd.
Folio classique, et chapitre V, *ibid.*, p. 120). Mais il se
peut que le surnom de Duroy ait été appelé chez l'écrivain
par ce «bon ami» d'un langage beaucoup plus courant.

PREMIÈRE NEIGE

Page 100.

1. Ce récit, publié dans *Le Gaulois* du 11 décembre
1883, a été repris pour la première fois dans *Le Colporteur*.

2. Le paysage, bien connu de Maupassant qui allait
rejoindre sa mère à Cannes, est celui dans lequel va mourir le journaliste Forestier dans le chapitre VIII de la première partie de *Bel-Ami* (éd. Folio classique, p. 205 et s.).

Page 101.

1. À propos de l'envoi des poitrinaires sur la Côte
d'Azur, voir *supra* la n. 2, p. 43, à «Auprès d'un mort».
Forestier lui aussi mourra poitrinaire à Cannes. Mais la
perspective de la mort, qui ne trouble pas le bonheur de
malade de la jeune femme, sera au contraire atroce pour
lui, il est vrai plus proche de l'agonie: «Et ça conti-
nuera... après moi, comme si j'étais là /.../ Tout ce que je
vois me rappelle que je ne le verrai plus dans quelques
jours... C'est horrible...» (*Bel-Ami*, première partie, chapitre VIII, éd. Folio classique, p. 207.)

Page 105.

1. D'invention relativement récente, le calorifère,
ancêtre de notre chauffage central, chauffait l'air ou l'eau
et répartissait la chaleur dans les pièces. Maupassant fit
installer ce chauffage chez lui, rue Montchanin.

2. «Dans de la vaisselle plate»: c'est-à-dire dans de la
vaisselle d'argent massif.

Page 106.

1. «Parville» n'existe pas, mais il y a un «Pourville» sur la côte du pays de Caux, à cinq kilomètres au sud de Dieppe.

Page 109.

1. Jeanne, l'héroïne d'*Une vie*, constatant que son mari la trompe avec sa sœur de lait, est prise d'une sorte de folie de désespoir et s'élance hors de chez elle, dans la campagne couverte de neige, jusqu'à la falaise proche; elle reste longtemps malade d'une congestion pulmonaire, mais en guérit (*Une vie*, chapitre VII, éd. Folio classique, p. 135). Les circonstances sont différentes ici, mais les deux femmes sont étreintes par le même sentiment d'affreuse solitude.

LA FARCE

Page 112.

1. Ce récit fut publié dans *Gil Blas* le 18 décembre 1883, et repris pour la première fois dans *Le Colporteur*. Ce n'est pas le seul récit de ce genre qu'on trouve chez Maupassant : ainsi «Farce normande», du 8 août 1882, recueilli dans les *Contes de la Bécasse* (éd. Folio classique, p. 86-94). Maupassant lui-même pratiquait la farce, souvent assez grosse, comme c'est le cas ici, ou franchement sadique, surtout au temps de ses canotages avec la bande d'amis d'Argenteuil et de Bezons (voir Pierre Borel et Léon Fontaine («Petit-Bleu»), *Le Destin tragique de Guy de Maupassant*, Éditions de France, 1927), et il fonda sur une farce sa pièce scatologique *À la feuille de rose, maison turque*. Le «Garçon», personnage imaginé par son maître Flaubert, n'avait pas été non plus sans concevoir des farces à la limite de la pornographie.

2. «Une de mes victimes est morte...»: cette assertion n'est pas si imaginaire qu'on pourrait le croire. La «Société des maquereaux» ou «des Crépitiens» dont Maupassant était le président chez la mère Poulin infligea des sévices sexuels à un naïf employé au ministère de la Marine, can-

didat à l'entrée dans cette «société». Le jeune homme, surnommé «Moule à brun», mourut peu de mois plus tard, au ministère même, et Maupassant accueillit la nouvelle avec un cynisme qui peut déplaire, comme le montre une lettre non datée, peut-être de janvier 1880 (*Correspondance*, I, n° 157): «Moule à brun est mort!!!! Mort au champ d'honneur, c'est-à-dire sur le rond de cuir bureaucratique /.../ J'ai même reçu hier la carte d'un Monsieur venant de la part du C/ommissai/re aux délégations judiciaires (j'étais absent), car on s'est ému à la Marine et on a prétendu que *notre persécution* avait abrégé ses jours. Je montrerai à ce Commissaire la gueule d'un Président digne de la Société et je lui répondrai tout simplement: "Des flûtes" /.../ J'ai envie d'intenter un procès à la famille pour ne pas nous avoir prévenus qu'il était de si mauvaise qualité. /.../»

Page 116.

1. On obtient le phosphure de calcium en chauffant de la chaux dans un courant de vapeurs de phosphore. Une réaction complexe a lieu au contact de l'eau ou d'un liquide aqueux, au cours de laquelle de l'hydrogène phosphoré, spontanément inflammable à l'air, se dégage.

Page 117.

1. Le cousin de Maupassant, Louis Le Poittevin, avait trois ans de plus que Guy.

LETTRE TROUVÉE SUR UN NOYÉ

Page 120.

1. Ce texte, qui comporte une méditation personnelle sur l'harmonie impossible à trouver en amour, et le récit d'une aventure qui le prouve et mène l'auteur de la lettre au suicide, a été publié dans *Gil Blas* le 8 janvier 1884, et repris pour la première fois dans *Le Colporteur*.

Page 121.

1. «Je n'ai jamais aimé»: une lettre à Gisèle d'Estoc de janvier 1881 (*Correspondance*, t. II, n° 200) prouve que c'est bien Maupassant qui s'exprime ici : «Je suis le plus désillusionnant et le plus désillusionné des hommes /.../ Je range l'amour parmi les religions, et les religions parmi les plus grandes bêtises où soit tombée l'humanité /.../ Les sentiments sont des rêves dont les sensations sont les réalités.»

2. Une fois de plus, Maupassant rejoint ici Schopenhauer en attribuant aux femmes une «intelligence» qui est purement intuitive, et qui se place nettement au-dessous de celle de l'homme : ce que la femme peut faire de mieux, c'est s'assimiler à l'homme avec qui elle vit. L'idée est la même que dans la chronique du 30 décembre 1880, «La Lysistrata moderne» : séduire, oui ; penser, non, telle est la part féminine (*Chroniques*, t. I, p. 136).

Page 124.

1. Le 17 août 1884, dans *Le Gaulois*, sous le titre «La Lune et les Poètes» (*Chroniques*, t. II, p. 884), Maupassant publiait une sorte d'anthologie de poèmes de Musset, Hugo, Leconte de Lisle sur la lune, marquait sa propre préférence pour les nuits éclairées, comme celle qu'il décrit ici, et s'opposait en cela à Mallarmé ; mais il se moquait aussi des poèmes que se croient obligés d'écrire sur l'astre des nuits et l'amour des jeunes gens sentimentaux. On peut dire que les vers de Bouilhet récités par son héros ne donnent pas dans ce genre !

2. «Je déteste surtout ce barde à l'œil humide» : ces vers sont très souvent cités par Maupassant, on en comprend la raison. Ils sont tirés d'«À une femme» de *Festons et astragales* de Louis Bouilhet, 1859. Bouilhet avait été le correspondant de Maupassant au lycée de Rouen, et, avec Flaubert, son formateur spirituel. Les vers de Bouilhet sont cités ici avec deux inexactitudes : au premier vers, «ce» barde au lieu de «le», et au quatrième vers avant la fin, «les» musiques au lieu de «tes» musiques.

Page 127.

a. Var. «Un marinier... apporta au journal ce papier» : le texte se termine ici dans le recueil *Le Colporteur*.

1. Maufrigneuse : rappelons que c'est de ce pseudonyme que Maupassant signait toujours ses articles à *Gil*

Blas, alors qu'il signait de son nom ses articles au *Gaulois*. Chacun identifiait d'ailleurs parfaitement l'écrivain sous ce nom du fringant personnage de Balzac.

L'HORRIBLE

Page 128.

1. Ce double récit fut publié le 18 mai 1884 dans *Le Gaulois* et recueilli pour la première fois dans *Le Colporteur*.

2. L'*horror*, en latin, est une sorte de terreur sacrée, qui affecte l'âme et le corps et ne peut recevoir d'explication entièrement rationnelle.

Page 129.

1. Cette guerre de 1870, que Maupassant a vécue, a fait naître chez lui une horreur définitive de toute guerre, qu'il exprime dès le 10 avril 1881 dans *Le Gaulois* (*chroniques*, p. 187), puis dans *Gil Blas* le 11 décembre 1883 (*Chroniques*, p. 748), puis en 1889 dans sa préface à *La Guerre* de Garchine. Quant à la guerre de 1870 elle-même, elle est maintes fois présente dans son œuvre, depuis «Boule de suif» et «Mademoiselle Fifi» jusqu'au «Père Milon» et au roman non terminé *L'Angélus*.

2. Pont-Audemer: à cinquante kilomètres de Rouen, vers Le Havre, où subsista jusqu'à l'armistice une «poche» de l'armée française. Les gendarmes qui déshabillent la victime (p. 132-133) emploient le langage local normand.

3. Moblot: c'est le surnom familièrement donné aux soldats de la garde nationale mobile, formée de jeunes gens qui n'avaient pas tiré un «mauvais numéro» pour l'armée, ou qui avaient acheté un remplaçant. Ils étaient fort peu aguerris.

Page 132.

1. Allumettes-bougies: voir n. 1 à la p. 39.

Page 133.

1. Le lieutenant-colonel Paul Flatters, né à Laval en 1832, fut tué par les Touareg au puits de Bir-El-Garama le

16 février 1881. Il était à la tête d'une expédition qui devait chercher le tracé du transsaharien de l'Algérie au Soudan. Quelques hommes seulement échappèrent au massacre et purent gagner le Sahara algérien : de Dianous, qui devint fou, puis mourut dans un combat ; Santin, qui mourut empoisonné ; Pobéguin, massacré comme il est dit ici. Sur une centaine d'hommes, vingt survivants seulement parvinrent à Ouargla, oasis du Sahara à huit cents kilomètres d'Alger. Le lieutenant Henri Brosselard avait publié en 1883 *Voyage de la mission Flatters au pays des Touareg Azdjers* qui inspire ce récit ; en 1884, peu avant le récit de Maupassant, parurent les *Documents relatifs à la mission Flatters*. Maupassant s'était lui-même rendu en Algérie en juillet-septembre 1881, et avait accompagné une mission de reconnaissance d'officiers jusqu'à Touggourt et au Mzab.

Page 134.

1. Le « bureau arabe » était chargé, au temps de la colonisation française en Algérie, de l'administration civile et du maintien de la paix sur un territoire plus ou moins vaste et sûr ; près des villes, il était tenu par des civils ; dans les lieux écartés, par des militaires. Maupassant prise peu cette administration, qu'il accuse de nombreuses injustices.

LE TIC

Page 137.

1. Ce récit, publié le 14 juillet 1884 dans *Le Gaulois*, fut pour la première fois recueilli dans *Le Colporteur*.

2. Maupassant fréquente depuis 1877 des villes d'eaux pour soigner les troubles nerveux dont il souffre à la suite de sa syphilis, mais aussi parce qu'il a hérité du tempérament, névrotique de sa mère : Loèche-les-Bains, dans le Valais, en 1877, Châtelguyon depuis 1883. Il connaît donc bien ce milieu de curistes, qui sera le sujet d'un de ses romans inachevés, *L'Âme étrangère* (*Romans*, Bibliothèque de la Pléiade, p. 1185-1196) ; celui-ci se déroule à Aix-les-Bains, fréquenté par Maupassant depuis 1888. Il est

notable qu'en ce qui concerne Châtelguyon, Maupassant décrive plutôt les rapports entre «Malades et médecins» (11 mai 1884; *Contes et nouvelles*, Bibliothèque de la Pléiade, t. II, p. 100-106), ou les paysages («Mes vingt-cinq jours», voir *supra*, p. 155). «Le Tic», lui, après des généralités sur le milieu des curistes, s'oriente vers le récit d'angoisse. C'est seulement en 1887 que Maupassant écrit sur Châtelguyon tout un roman, *Mont-Oriol* (voir l'éd. Folio classique). Il est dédié d'une part à l'histoire du développement de la station thermale, d'autre part à une aventure amoureuse manquée. Il a donc peu de rapports avec ce récit, sauf par la mention des paysages où se promènent les protagonistes. Il s'oriente plutôt, comme «La Tombe» (29 juillet 1884, *Contes et nouvelles*, Bibliothèque de la Pléiade, t. II, p. 213-217), vers une obsession de l'enfouissement.

Page 138.

1. Maupassant avait lu Poe dans la traduction de Baudelaire, et c'est par exemple à «La Chute de la Maison Usher» (*Nouvelles histoires extraordinaires*, éd. Folio classique, p. 132-156) qu'il convient de penser. L'admiration de Maupassant pour Edgar Poe est grande, mais se nuance d'une réserve sur le caractère trop «rêvé» des épouvantes qu'il décrit, alors que par exemple Tourgueniev sait mesurer la peur d'une manière plus réaliste («Le Fantastique», *Le Gaulois*, 7 octobre 1883, *Chroniques*, t. II, p. 719). L'histoire du «Tic» a une explication bien réaliste, la fausse morte reprenant ses sens après qu'on lui a coupé le doigt; mais elle suscite aussi cette «horreur» non rationnelle dont Maupassant a parlé dans «L'Horrible».

Page 140.

1. Le «pays des dômes» est décrit dans *Mont-Oriol*, (première partie, chapitre II, éd. Folio classique, p. 60); ici les gorges où le narrateur conduit ses compagnons de cure sont certainement les gorges d'Enval, décrites dans ce même roman (première partie, chapitre VI, *ibid.*, p. 135-136).

FINI

Page 146.

1. Ce récit fut publié dans *Le Gaulois* du 27 juillet 1885, et recueilli pour la première fois dans *Le Colporteur*.

2. Ainsi Georges Duroy se regarde-t-il avec satisfaction dans le miroir du palier, allant chez les Forestier, la première fois qu'il porte un habit (*Bel-Ami*, première partie, chapitre II, p. 48 de l'éd. Folio classique), puis regarde le couple qu'il forme avec Madeleine, enrichi par un testament suspect, dans la glace du palier de leur maison, en disant : « Voilà des millionnaires qui passent » (deuxième partie, chapitre VI, *ibid.*, p. 348). Ce qui est désir de représentation chez Duroy est désir d'être « bel homme » chez Lormerin. Désir qui ne résistera pas à la confrontation avec son ancienne maîtresse vieillie. À la fin du récit, le miroir devient aussi implacable qu'il était charmeur au début. On pense au miroir d'« Un lâche » (27 janvier 1884, *Contes du jour et de la nuit*, éd. Folio classique, p. 120) où le héros se voit mort. Dès ces années où il n'a que trente-quatre ou trente-cinq ans, Maupassant est hanté par l'idée du vieillissement et de la mort.

Page 148.

1. Maupassant donna ce nom familier et un peu désuet à la pauvre « tante Lison » de « Par un soir de printemps » (7 mai 1881, *Le Père Milon*, éd. Folio classique, p. 40), passée dans *Une vie*, chapitre IV (éd. Folio classique, p. 70 et s.). Peut-être ce nom évoque-t-il une fragilité, une tristesse cachée, comme, un peu plus bas, le surnom de « Fleur-de-Cendre ».

Page 149.

1. Voir *supra* la n. 1 de la p. 124. Toujours cet attendrissement condescendant de l'homme, qui considère de haut la sentimentalité féminine.

Page 153.

1. Cette fois, nous sommes tout à fait dans le chemin du roman *Fort comme la mort*, composé en 1888. La fille

est un double (pas tout à fait conforme pourtant) de sa mère jeune, et trouble Lormerin, comme Olivier Bertin sera troublé par Annette, d'autant plus qu'il a peint un portrait d'Any lorsqu'elle était jeune. Déjà, le récit «Adieu» (18 mars 1884, *Contes du jour et de la nuit*, éd. Folio classique, p. 209-215) nous orientait dans cette voie: le héros vieilli rencontrait son ancienne maîtresse et la petite fille de celle-ci, âgée de dix ans; il retrouvait en elle «quelque chose du charme ancien de sa mère, mais quelque chose d'indécis encore, de peu formé, de prochain». Lui aussi, en rentrant chez lui et en se regardant dans la glace, comprenait la fuite inexorable des jours.

MES VINGT-CINQ JOURS

Page 155.

1. Ce récit, ou plutôt ce journal rapidement encadré par le présentateur, fut publié dans *Gil Blas* le 25 août 1885 et recueilli pour la première fois dans *Le Colporteur*.

Page 156.

1. Maupassant avait déjà fait une cure à Châtelguyon en 1883, et il y fit une autre en juillet-août 1885. «Mes vingt-cinq jours» fait donc partie des récits préparant au roman *Mont-Oriol* de 1887, projeté d'ailleurs dès 1885. Voir *supra*, la n. 2, p. 137 au «Tic». Cette fois, il s'agit bien du paysage de la station thermale et de sa clientèle; celle-ci, forcément cancanière et plutôt antipathique, étant donné l'étroit milieu qu'elle forme, est «rachetée» par une rencontre heureuse du curiste avec deux veuves peu farouches; jusqu'où va cette rencontre, on le devine aisément quand les protagonistes se baignent nus dans le lac de Tazenat, et aussi à l'évocation de groupes d'hommes polygames, Mormons, Arabes, Zoulous, Turcs. Au reste, cette idylle à trois pimente un récit écrit pour «faire visiter» au lecteur les alentours pittoresques de Châtelguyon. Peut-être a-t-elle des racines dans la réalité (voir *infra*, n. 2, p. 159). «Mes vingt-cinq jours» est le type d'une de ces chroniques d'été qui promènent agréablement le lecteur.

2. En 1872, l'organisation de l'armée française avait été modifiée. Il existait une « réserve » de l'armée active, formée de tous les hommes de vingt-cinq à vingt-neuf ans. Ils devaient durant cette période de quatre ans effectuer deux périodes d'entraînement, chacune de vingt-huit jours. « Faire ses vingt-huit jours » est donc une expression courante à l'époque ; l'auteur du journal, par une assimilation plaisante, « fait ses vingt-cinq jours » de cure. Octave Mirbeau, dans son roman *Les Vingt et Un Jours d'un neurasthénique* paru en 1901, use de la même approximation.

3. Ce casino, « petite baraque » en 1885, fit place à un ancien pavillon de l'Exposition universelle de 1878, transporté à Châtelguyon, sur la même colline de Chalusset, quand la station se fut développée (Voir la note suivante, et l'indication de cette transformation dans la deuxième partie, chapitre I, de *Mont-Oriol* (éd. Folio classique, p. 199 : « Sur le sommet de la butte, debout entre les deux issues du vallon, s'élevait une construction d'architecture mauresque qui portait au front le mot Casino, en lettres d'or »).

4. Ainsi l'ambitieux médecin Armand-Alexis Baraduc, ami du père de Maupassant et bien connu de Maupassant lui-même, avait chanté les louanges des eaux de Châtelguyon, propres à guérir selon lui les maladies du tube digestif, les maladies utérines, les rhumatismes, les paralysies, dans sa brochure *Châtelguyon et les eaux purgatives allemandes*, 1876. C'était alors, peu après la défaite française de 1870, la grande mode de comparer les eaux allemandes, très estimées, aux eaux françaises qu'on proclamait plus actives encore. Le docteur Baraduc lança la station de Châtelguyon, et, avec l'aide du banquier Brocard, forma une « Société fermière » des eaux ; mais il trouva dans cette profitable mainmise un rival en la personne du docteur Voury, auteur en 1882 d'une brochure sur *Les Eaux de Châtelguyon*. Voury fut le médecin choisi par la « Grande compagnie thermale des eaux de Châtelguyon », formée par des personnalités locales et des banquiers. Toute cette rivalité, transposée dans le roman *Mont-Oriol*, explique la vogue et la prospérité de Châtelguyon, que chacun essayait de rendre attrayant.

Page 157.

1. On trouve la même description dans *Mont-Oriol* (première partie, chapitre I, *op. cit.*, p. 36).

2. C'est le «Splendid Hôtel», construit par les soins du docteur Baraduc, où descend Maupassant quand il vient en cure. Il est nommé par son véritable nom dans *Mont-Oriol*.

3. On trouve une description analogue dans *Mont-Oriol* (première partie, chapitre II, *op. cit.*, p. 59-61).

Page 158.

1. L'Ermitage de Sans-Souci: dans la vallée du Sardon, comme Châtelguyon même. Maupassant parle d'«/.../ un petit vallon sauvage auprès de Châtelguyon, conduisant à l'ermitage de Sans-Souci» (*Mont-Oriol* (première partie, chapitre VI, p. 128), où se rendent, avec les deux petites Oriol, Christiane, l'héroïne du roman, son frère et son futur amant Paul.

Page 159.

1. Le vallon d'Enval sera choisi par Maupassant, dans *Mont-Oriol*, pour y situer la ville d'Enval, qui est en réalité Châtelguyon. Voir *Mont-Oriol* (première partie, chapitre I, *op. cit.*, p. 35).

2. «Mes ouvertures furent reçues sans embarras»: en effet, s'il s'agit de la brune et la blonde fréquentées de très près par Maupassant durant son séjour de 1885, et que Durand de Rochegude aurait accueillies dans son manoir près du lac de Tazenat («Maupassant en Auvergne», par G. de Lacaze Duthiers, *Le Messager littéraire du Massif central*, janvier 1955).

Page 160.

1. Maupassant lui-même fit ces excursions, et en parle dans sa correspondance avec sa mère (*Correspondance*, t. II, n° 394)

Page 161.

1. Le lac, ou «gour» de Tazenat, «un beau lac frais et rond ainsi qu'une pièce d'argent» (*Mont-Oriol*, *op. cit.*, p. 139) est longuement décrit dans le roman; c'est le lieu où Paul fait sa déclaration à Christine.

Page 162.

1. Le récit « Marocca » (*Mademoiselle Fifi*, éd. Folio classique, p. 63-76) évoque déjà, en 1882, la beauté d'un corps de femme transparaissant dans l'eau (celle de la mer, dans « Marocca »).

Page 163.

1. Il y a là une erreur de Maupassant : l'âge nubile, en Angleterre, était fixé à treize ans (et non à neuf). Mais des parlementaires anglais ayant proposé d'abaisser cet âge, la question était à l'ordre du jour et entretenait des débats en France comme en Angleterre.

2. Le roi Salomon, dit la Bible, « eut sept cents princesses pour femmes et trois cents concubines » (*Rois*, I, 11, 3). Il est vrai — ce que se garde de dire Maupassant — que ces femmes souvent étrangères l'éloignèrent de Dieu, qui s'en irrita et le châtia durement.

3. « Rom, Mori » : « Riom, mourir ». La ville de Riom, très riche architecturalement, est construite en lave et d'aspect sévère. Mais comme ce « Riom, mourir » arrive dans le récit au moment où les deux femmes se séparent du héros, et dix jours avant qu'il ait engraissé après avoir maigri, on peut penser qu'il existe chez Maupassant un profond scepticisme sur l'action des eaux. Amaigrissement et prise de poids ont une autre cause ! Alors, que peut espérer d'une cure un vrai grand malade ? Dès le premier chapitre de *Mont-Oriol*, les médecins sont présentés d'une manière caricaturale, vengeresse, car Maupassant se sait fort atteint lui-même. Il imagine (*op. cit.*, p. 40-41) une ordonnance commentée comme mortifère, et qui énumère les médicaments qui lui étaient prescrits à lui-même, arrivé au stade tertiaire de la syphilis.

4. Le cratère de la Nachère, au-dessus de Volvic, fut l'objet d'une excursion de Maupassant (voir, *supra*, n. 1 à la p. 160).

5. Le choléra était entré en France par Toulon l'année précédente, et avait étendu ses ravages jusqu'à Paris : le lecteur de « Mes vingt-cinq jours » est donc bien au fait de ce danger.

LA QUESTION DU LATIN

Page 167.

1. Ce récit parut dans *Le Gaulois* le 2 septembre 1886 et fut recueilli pour la première fois dans *Le Colporteur*. Il porte le titre d'un ouvrage de Raoul Frary paru chez Cerf en 1885. Ce livre pose la question de l'opportunité de l'énorme place tenue par le latin dans le cursus des études du second degré en France, en l'absence de section «moderne»; sans doute n'écrivait-on plus de «narration» en latin, mais l'art du «discours latin», avec ses règles de rhétorique, était pratiqué dans les classes; de même le vers latin. Tout bachelier d'alors, même médiocre, passerait aujourd'hui pour fort en latin. En revanche, la littérature française moderne était ignorée dans les classes, et les langues vivantes méprisées. Cet enseignement semblait de moins en moins adapté aux besoins économiques du pays et à une société démocratique. Une réforme apparaissait nécessaire, qui suscitait de vives réactions. Pour parler de la plus récente, c'est le 18 août 1886 qu'Octave Mirbeau avait fait paraître dans le même *Gaulois* un article à ce sujet, qui s'intitulait «Rêveries pédagogiques». On serait tenté de songer aussi, en lisant le récit de Maupassant, aux œuvres de Jules Vallès: *L'Enfant*, paru chez Charpentier en 1879, où il dénonce la sottise d'une éducation où il est à la mode d'exceller en vers latins, mais mal vu d'aimer les mathématiques (chap. XX, «Mes humanités»), et *Le Bachelier*, paru chez Charpentier en 1881 avec la dédicace «*À ceux / qui / nourris de grec et de latin / sont morts de faim*», et un chapitre sur «le bagne du *pionnage*» (chap. XX). Maupassant, ami de Vallès (mort en 1885), avait dit son admiration pour ce dernier livre dans l'article «Va t'asseoir!» (*Chroniques*, p. 303), paru dans *Le Gaulois*, le 8 septembre 1881. Mais c'était pour en relever la réussite autobiographique et le scepticisme envers la politique contemporaine. En revanche, il ne croyait pas du tout à la valeur générale de la révolte de Vallès, comme il l'écrit dans «À propos du peuple», paru dans *Le Gaulois* du 19 novembre 1883 (*Chroniques*, t. II, p. 733). Le peuple, dit-il, se moque bien des livres de Val-

lès, parce que l'art ne concerne jamais que l'«aristocratie intellectuelle d'un pays». Maupassant refuse donc d'entrer dans le système révolutionnaire de Vallès, comme dans tout autre. Et si l'on examine ce présent récit, assurément peu amène envers la valeur marchande du latin et envers les boîtes à bachot, on voit que toutes les questions sont ramenées à l'individu (le pion Piquedent, un peu fou, et malheureux dans sa vie) et désamorcées par le manège d'un potache qui réussit à marier Piquedent à une petite personne pratique, qui lui fait acheter une épicerie : une blague réussie, en somme. Récit plaisant, mais non engagé dans une querelle officielle.

2. On sait que Maupassant fit ses études à Yvetot, puis à Rouen (où il vivait à la pension Leroy-Petit et fréquentait les cours du lycée Corneille). Il «dépayse» ici les études de l'auteur de ce récit par rapport aux siennes.

Page 171.

1. Un caraco est un chemisier boutonné devant, comportant une basque à la taille. Les blanchisseuses pouvaient en partie le déboutonner, pour essayer de se rafraîchir dans la chaleur de leur boutique.

2. Piquedent est un démocrate sentimental, de l'espèce que Maupassant juge un peu ridicule et bavarde. Lui-même a toujours refusé de se rallier à une politique, quelle qu'elle soit.

Page 174.

1. «Un madré farceur»: farce gentille ici, à la différence de certaines autres relatées et pratiquées par Maupassant (voir *supra*, n. 1, p. 112).

Page 176.

1. Ce menu fait songer à celui d'«Une partie de campagne» (*La Maison Tellier*, éd. Folio classique, p. 145): friture, lapin, salade, dessert.

Page 177.

1. Père nourricier du dieu du vin, Bacchus, Silène est un satyre grand buveur et musicien, qui donne son nom à la sixième *Églogue* de Virgile. La nymphe Églé, le trou-

vant ivre, lui barbouille les joues de mûres et, avec l'aide de bergers, le ligote dans des branchages. Il n'est libéré qu'à condition de chanter. Les artistes de l'Antiquité, puis Rubens et Titien, ont représenté Silène petit, trapu et chauve.

Page 178.

1. «*Quantum mutatus ab illo!*» : «Comme il a changé depuis ce temps!»

LE FERMIER

Page 179.

1. Ce récit fut publié dans *Le Gaulois* du 11 octobre 1886, et recueilli pour la première fois dans *Le Colporteur*.
2. Alvimare : sur la ligne du Havre, entre Yvetot et Bréauté.

Page 180.

1. «De la vieille race des aventuriers qui allaient fonder des royaumes sur le rivage de tous les océans» : ainsi les corsaires partis de Dieppe au xive siècle jusqu'en Afrique, les marins qui, employés par l'armateur Ango, partirent de la même ville au xvie siècle pour piller et ravager le Portugal, et les nombreux Dieppois qui colonisèrent et administrèrent le Canada du xvie au xviiie siècle.

Page 181.

1. Veules-les-Roses se trouve à vingt-cinq kilomètres de Dieppe, sur la route de Fécamp. Si l'on pense que les voyageurs, descendus à Alvimare, ont atteint en deux heures de voiture à cheval le domaine, on situe celui-ci en plein pays de Caux, ce que confirme d'ailleurs la description des fermes.

Page 182.

1. Les «pommes d'abricot», jaune-vert, excellentes pour le cidre, sont ainsi nommées par déformation du nom de leur espèce, «pomme Solage à Bricou».
2. Le château de Valrenne : nom imaginaire, mais le

château est placé près du bien réel Caudebec-en-Caux, à douze kilomètres d'Yvetot.

Page 186.

1. «Eune... apatique»: une hépatite. L'ancien soldat devenu «maître» Jean (nom qui désigne les cultivateurs aisés en Normandie à cette époque) ne peut se rappeler le nom savant de la maladie. On notera que le fermier s'exprime dans un langage qui doit beaucoup au dialecte normand, avec ses avalements et ses archaïsmes; mais ce langage est parfaitement compréhensible pour tout lecteur français. C'est ainsi que Maupassant l'emploie en général dans ses récits situés dans le pays de Caux.

CRI D'ALARME

Page 190.

1. Ce récit, sous la forme d'une lettre reçue par le journaliste, fut publié le 23 novembre 1886 dans *Gil Blas*, et recueilli pour la première fois dans *Le Père Milon*, puis dans *Le Colporteur*, avec les modifications dues au passage en volume. Après la première phrase, on trouve dans le journal: «Pensant qu'elle peut être profitable à beaucoup de lecteurs de *Gil Blas*, je m'empresse de la leur communiquer. / Paris, le 15 novembre 1886. / Monsieur le rédacteur, / vous traitez souvent. /.../» À la fin de la lettre, celle-ci est adressée encore à «Monsieur le rédacteur» dans le journal, et la dernière phrase est la suivante: «Je livre cette lettre, sans y rien ajouter, aux réflexions des lectrices et des lecteurs de ce journal, mariés ou non.»

Le récit est marqué tout entier par l'idée de la femme que Maupassant partage avec Schopenhauer: c'est un être trompeur et dissimulé, qui ne parle franchement que dans des circonstances tout à fait exceptionnelles (ici, l'ivresse); c'est un être uniquement mené par le sens génésique; dans les entreprises de séduction, ce n'est pas l'homme qui mène le jeu, mais bien la femme.

Page 193.

1. «Bassin» se dit couramment au xixᵉ siècle, dans un langage familier, de quelqu'un qui «bassine» un autre, c'est-à-dire qui l'importune.

Page 196.

1. Le «sou du franc», expression courante au xixᵉ siècle, désigne le pourcentage reçu par un domestique dans une transaction commerciale.

ÉTRENNES

Page 199.

1. Ce récit, paru dans *Gil Blas* le 7 janvier 1887, avait été déjà publié dans *Le Père Milon*. Il pourrait être lu au premier degré comme un vrai «conte d'étrennes» joyeux, puisqu'il se termine bien, dans le bonheur ressenti par une femme qui a reçu une preuve d'amour. En fait, ce récit est comme le précédent une preuve de la terrible faculté de dissimulation que possèdent les femmes. Car enfin, Irène accuse son mari des pires abus envers elle, pleure, propose d'instaurer une situation de concubinage qui est alors pour une femme la perte pure et simple de sa situation mondaine et de son honneur, en somme ment sur toute la ligne, le tout en jouant parfaitement la comédie. Jacques est mené par elle. Sans doute pourrait-il, après cette scène, concevoir quelque méfiance envers sa maîtresse...

Page 203.

1. «Deux ans au plus tôt»: tel était en effet le délai minimal d'un procès en divorce. Le divorce par consentement mutuel n'existait pas; il était alors prononcé aux torts de l'un ou de l'autre, ou aux torts partagés, ce qui de toute manière exigeait des preuves et une longue procédure.

APRÈS

Page 208.

1. On ne connaît pas de prépublication de ce récit, qui avait paru pour la première fois en recueil dans *Le Père Milon*. Il met en scène une figure très sensible et sympathique d'abbé, qui, malgré l'anticléricalisme en général professé par Maupassant, n'est pas unique dans son œuvre : on citera le bon abbé Picot du roman *Une vie*, qui apparaît dès le chapitre II (éd. Folio classique, p. 49), le récit « Le Baptême », paru en 1884 dans *Miss Harriett* (éd. Folio classique, p. 207-213), où l'abbé est tout ému d'une envie de paternité, et le bienfaisant abbé Marvaux du roman inachevé *L'Angélus*, qui a fait la guerre en la haïssant, et qui a été marié, puis a perdu femme et fille ; il a choisi alors le sacerdoce, sans ambition de carrière (*Romans*, Bibliothèque de la Pléiade, p. 1206-1207). Cet abbé serait la figure la plus proche de l'abbé Mauduit, qui, lui, s'imagine si vivement la douleur de perdre des proches qu'il choisit d'emblée le sacerdoce. Mais on ne peut guère en tirer de conclusion sur la date à laquelle notre récit a été écrit.

Page 210.

1. Si les noms de « Verdiers » et « Saint-Pierre-de-Chavrol », cités dans ce récit, sont imaginaires, il existe dans le département d'Indre-et-Loire, non loin de Tours, un « Saint-Antoine-du-Rocher ». Maupassant connaissait-il son existence, ou est-ce une pure coïncidence ?

2. On retiendra ici des impressions de pensionnaire qui, sans orienter tout le reste de sa vie, ont sans doute été celles de Maupassant lui-même. Balzac a évoqué des impressions semblables dans son roman *Louis Lambert* (1832), et Maurice Barrès dans la « Concordance » du chapitre premier de *Sous l'œil des Barbares* (1888) : les pensions étaient au XIXe siècle de discipline très stricte et même dure.

DOSSIER

DU MÊME AUTEUR

Composition Interligne.
Impression Société Nouvelle Firmin-Didot
à Mesnil-sur-l'Estrée, le 30 août 2007.
Dépôt légal : août 2007.
1er dépôt légal dans la collection : avril 2006.
Numéro d'imprimeur : 86588.

ISBN 978-2-07-030134-8/Imprimé en France.